Between Autumn and Spring
Selected Poems
of
Bai Hua

秋变与春乐

柏桦诗集

(2014)

柏　桦　著

华东师范大学出版社

华东师范大学出版社六点分社 策划

目录

与张祜纵游淮南 ------- 1

郑单衣 ------- 3

长沙 ------- 5

风景与生活 ------- 6

涌起,何苦 ------- 7

波浪诗 ------- 8

食后 ------- 11

苏州 ------- 12

风调 ------- 13

汉字故事一则 ------- 16

重庆上清寺,1966 ------- 17

春天之忆 ------- 19

问答元遗山 ------- 21

有所思 ------- 22

时间,我的惊讶,你在哪里 ------- 24

京都故事 ------- 25

1913 ------- 27

小学 ------- 29

地学一种········ 31

秋千一架········ 33

想到波兰········ 34

款式知多少········ 35

田海林········ 36

游于艺········ 37

黑········ 38

追凉——山中小寺········ 39

下扬州········ 40

求精中学········ 42

抄风········ 44

闲笔两束········ 45

橘子········ 47

两次间谍········ 49

风景········ 51

风景（二）········ 52

走········ 53

慢山········ 54

老诗人（二）········ 55

风惊········ 56

养小录········ 57

巧合········ 60

小小寺········ 62

因此········ 63

小学（二）········ 64

圆········ 65

汉人的旨归········ 66

户外········ 67

断章········ 68

试问········ 69

夏至········ 70

为何写作········ 72

象泻········ 74

瓶中信········ 76

商业与教育········ 77

颐之食········ 79

收铁········ 80

反向········ 81

读吴绮········ 82

老人姗姗········ 83

春事········ 84

跪是一种心的仪轨········ 85

1987········ 86

在瑞典森林里········ 88

瑞典幻觉：论嘉宝········89

布········90

北极地狱········91

寻人········92

下徽州········93

年轻的圆········94

清晨········95

晚嘴········96

学习年代········98

弄晴春雨········99

他的脚印是越南········101

在走……重庆········103

电报········105

小消息········106

介眉寿········108

当当········110

脸色！风暴欲来……········112

为人········114

国父论后········115

冰岛········116

读马鸣谦译奥登诗选········118

一段音乐········119

镜中……… 121

读书为了娱乐……… 123

也许……… 124

清晨，我在想，人之一生……… 126

得考虑……… 127

达州……… 128

年轮……… 129

周缘……… 131

道可道，非常道……… 132

一年四季……… 134

归去来兮……… 135

温州……… 136

和纳博科夫……… 137

忆柏林……… 140

人生……… 141

痛苦与白……… 142

1241年……… 143

惊回首……… 144

于是……… 145

皮袄……… 146

四季……… 147

各有去处……… 148

吃惊的事········ 149

片面重庆········ 150

天空········ 151

风景（三）········ 152

因为········ 153

试试········ 155

元朝故事········ 156

云之南········ 157

像迈达斯节省金子········ 158

古老的事········ 159

跃起········ 160

我在怀念········ 161

易怒········ 163

孤独的白········ 164

春事········ 165

各地不同········ 167

帽子简史········ 168

江山入梦········ 169

比蛋还要白的神········ 170

致遂宁········ 171

重庆········ 172

别过········ 173

绝句⋯⋯ 174

饱吃饿吃事⋯⋯ 176

柳色少年时⋯⋯ 177

又一种相遇⋯⋯ 178

风吹，黎明⋯⋯ 181

古歌⋯⋯ 182

太晚了，谈色⋯⋯ 183

早班列车⋯⋯ 184

因谢灵运而作⋯⋯ 185

谈圆⋯⋯ 186

为什么平壤令人走神⋯⋯ 187

人生的诗篇⋯⋯ 188

扬州梦⋯⋯ 189

我的小学⋯⋯ 190

游戏⋯⋯ 191

李白⋯⋯ 192

炼句⋯⋯ 193

来煎人寿⋯⋯ 194

茶息后饮老酒⋯⋯ 195

秋变与春乐⋯⋯ 196

七嘴八舌⋯⋯ 197

奈何⋯⋯ 198

寻人（二）········ 199

茶奶酒········ 200

琵琶行········ 201

辩证········ 202

两难········ 204

声音练习曲········ 205

古余杭········ 206

非此即彼（二）········ 207

往事（1984）········ 209

乡愁（二）········ 211

吃药与颓废········ 213

河南（二）········ 214

各色人等········ 215

再致林克········ 216

初秋思········ 218

君子颂········ 219

莫怕········ 220

柏人——危险········ 221

诗速········ 223

少年时········ 224

死亡，害羞的他者········ 225

雨夜········ 226

收场········ 227

鱼药········ 229

致李商雨········ 231

红与黑········ 233

下午，养老院········ 234

格言（二）········ 236

安徽人········ 237

请放松，人········ 239

器官与风········ 241

忆少年········ 243

亲爱········ 244

重········ 245

话本与言子儿········ 246

诗歌杀········ 248

蜀歌（一）········ 249

问题········ 250

光阴，急不急········ 251

偶作········ 252

在校园········ 253

天色已晚········ 254

为了成为那景色········ 255

别了南京········ 256

风俗画········ 257

春日梓州登楼········ 259

天下事········ 260

出发········ 261

重庆素描········ 262

相········ 264

由《多余的话》想到········ 266

与张祜纵游淮南

关麓,庭院有奇树;妇人四十,容貌改前。
读刘缓诗《寒闺》,便入深秋,箱中剪刀已冷。

眉语妩媚,眼语不言,的的妆华,慢脸娇妍。
缎子凉凉的,就觉得人体的温馨,且亦是新妇的温馨。

近在猪栏酒吧,住着一位来自上海的诗人,她叫寒玉。

注释一:张祜(?—849)祜或误作祐,字承吉,清河(今属河北)人。初寓姑苏,后至长安,为元稹排挤,遂至淮南。爱丹阳曲阿山水,隐居以终。张祜一生"性爱山水,多游名寺",所到之处"往往题咏唱绝"。卒于宣宗大中年间。有《张处士诗集》。张祜诗《纵游淮南》:"十里长街市井连,月明桥上看神仙。人生只合扬州死,禅智山光好墓田。"

注释二:"眉语妩媚,眼语不言"化脱自《山堂肆考》。

注释三:"的的妆华"出自"的的见妆华。"(梁刘孝威《都县遇见人织率尔寄妇》)

注释四:"慢脸",典出简文帝诗《小垂手》:"蛾眉与慢脸,见此空愁人。"

注释五:"缎子凉凉的,就觉得人体的温馨,且亦是新妇的温馨。"见胡兰成《今生今世》(中国社会科学出版社,2003,第33页)。

2014-1-9

郑单衣

试酒,便俊赏了西师化学楼,1985年……
清晨蚊帐,食堂蛋糕,床边的酸奶;

试酒,北碚之春去了花溪一间农学院,
我们在黑夜中舞蹈,她从北师大来;

眼泪一直要流到南京吗?有一天中午
我写下:最柔软的女人是贵州女人。

试酒,自行车一辆,开始脱手飞旋——
——幻觉——北方日记——1996!

试酒,在成都,在同里,在澳门……
我们的朋友定要去衔接过去一个人的梦。

那雨,那雨,稽亭故人去,九里新人还。
今朝酒醒,我便将你唤作庾信的阳台神。

注释一:"郑单衣试酒",典出周邦彦诗词《六丑·正单衣试酒》。
注释二:"西师",西南师范大学的简称。"北师大",北京师范大学的简称。
注释三:"稽亭故人去,九里新人还。"(《浔阳乐》)
注释四:"何劳一片雨,唤作阳台神。"(庾信《春日题屏风》)

2014 - 1 - 10

长沙
——为少年张枣而作

年十五,我要去上学
人间已变,长沙春轻,

苦夏亦好,一九七八,
少女一定来自湖南吗?

(布衾多年冷似铁)

看!反宇飞风,伏槛含日
爱晚亭上,白云谁侣。

注释一:"**布衾多年冷似铁**"典出杜甫《茅屋为秋风所破歌》。
注释二:"**反宇飞风,伏槛含日**",见梁简文帝《长沙宣武王庙碑文》。
据西南交通大学硕士生王治田指出:"反宇"为卷起的屋檐。
再据西南交通大学教授,罗宁博士指出:"伏槛含日"为日
光映在窗棂栏杆上。
注释三:"**白云谁侣**",见孔稚珪《北山移文》。

2014-1-12

风景与生活

含羞人在过桥,小心。
瑞安的纱面,桃花扇下,小心。

小心,六合有家暴。
小心,蜀鱼很肥。

那来自上海的撒娇诗人呢?
永嘉陈玉父,钱塘沈逢春

等等,为何"大儿庾信,小儿徐陵"?
为何那东台来的男裁缝皮肤白如阴天?
为何他生活在一条深巷,一日就是百年!

2014 - 1 - 13

涌起,何苦

1

洪波涌起,森林涌起,乱云涌起……
小鱼嘴涌起,单车涌起,南京涌起

中山门外,前线歌舞,一间邮局……
孝陵卫火箭从不是矮矮的日本箭!

2

罗马尼亚,非要"让俄国人瞧瞧,
罗马尼亚人的鸡巴多么非凡"何苦
老人骂从窗下走过的陌生人,何苦

"口水在嘴里,路人在深夜里"……
他爱上的画家,其实是他的小妈妈。

2014‑1‑15

波浪诗

1

庭中盆水，檐边橘树，小心，南斯拉夫有铁托！
云从井出，金德白云，小心，电影——难忘的战斗
鸡鸣桥上，犬吠山中，小心，食白石者远非姜白石
读太平广记，来到日本，仙才难得也，人间再无杜子春。

2

习染业者亦习道，原因莫名，出于化学？未可知。
1989，非关骑鹤（亦非关坐车与乘舟），某染匠扶风便
下扬州，可惜他只爱晋树亭，不爱樱桃园，惋惜契诃夫！
早茶，富春包子八个，酒气冲天；他又在新华书店盗书。

3

悠悠，那盐铁院宋书手，虽月钱两千，亦娶妻度日。
六月难过，鬼亦不来，新繁苟书生呢，当空书写金刚经
圣人迎我往西方（唐朝于昶）天使迎我往西方（民国孙文）
食狗肉目盲，食羊肉腿断，猛人鱼万盈杀蛇后死里逃生。

4

你手握那土块,又唇舌鼓动!见者莫不毛竖、惊走……
夜如蓝,你领四虎渡江往栖霞寺,无人同志,但为延寿。
六朝居士卞悦之妻妾各一,未有子息,便恒诵观音而不法华
卞之琳呢,他省事少言,人鸟不乱,任罗刹漆黑从幽明录来。

5

春日忽忽,读白行简《李娃传》,趁机又读周作人"枕草子"
无呐喊、无彷徨、无长恨、无琵琶;今病日困,求鬼无益
唯求《心兽》。睡而亡,汝命尽,"饭越接近肠子,脸越皱"
好罢,我跟一句:有了摩擦,何必恋爱;有了形式,何必抒情。

6

1980年,宣汉非要一部彩色电视机;北碚非要巴别尔?
浔阳尼妙寂呢,第三个故事:寺中偷钱,腰上生疮;火攻
遂得热病。黑主贵,高尔基的黑胡子是一件小燕尾服,欲飞
危险鹊奔亭谁切断了蚰蜒;窦轨兄冬月无瓜,并是人头?

7

夜空下大地行走,人睡去;可再深的瞌睡一个激灵就醒了。
平衡呼吸香气,也呼吸尘埃;无风,那男孩的双颊仍被冻红。

重庆是一个不会老的男城,也是一个剖腹倾诉的女城。唉,
西南师范大学的学生样样都慢,吃烟慢、喝酒慢、刮兔子皮也慢。

8

苏味道只有一个,昆明池尽在天涯;今朝我读:松树下周瑟瑟。
宁任江阴令不做河南尹;副主编的头从深山寄来,报纸还办不办?
女青亭畔,有人斩蛇,妻目枯;春柳树下,有人杀牛,儿额肿。
待我们依法为酒,母疾便愈,不必行那孝子俗套——割股肉啖母。

9

杀气重楚河汉界,彭城狗日夜疯奔;江南岂是胜地,问太仓令张策?
北梦南梦,琐言无端,精察之后,水利!范百年难免作几番俊辩。
还要学阴铿么,最美的菜——周顗说了——春初早韭,秋暮晚菘。
在唐朝我早注意了罗隐之声——乖刺;在东欧农民从衬衫里出来。

10

境遇即一个人看风景的心绪,你说"村子整个就是一个牛屁眼。"
你又说"男人何其多,狗何其多,多如狗毛。"而凉州苍茫,
张天锡梦见绿狗南来。而张祜和崔涯,教玉人吹箫,在维扬放歌。
呼吸风生,一辆吉普穿过神秘半月,我来到标致小庙——紫金庵。

2014-1-26

食后

食羊头者,晨出;食兔头者,夜入;
(在吾国,吾民一年要吃掉多少猪头!)

食牛头者呢?午后日恬,风水薄送
抬腿便来到沟渠纵横的广大斜坡——
橘子林——那也是婚姻的斜坡,1986
没有橘颂,但有考试!让我想想……
某人吞下人参鸡汤,就射出浓精子!

那也是老女神朗读英语的斜坡。听下去:
(斜着,像茨维塔耶娃那样诵诗后斜着)
每逢人知道这些健康的、吃饱的、美丽的人
在那漫长的一整天中什么事也不做,人就不由得
希望所有的人的生活都像这样才好。……

注释一:最后三行文字出自契诃夫小说《带阁楼的房子》。

2014-1-27

苏州

晚霞,来不及
空路,来不及
人,为何更是来不及?

来不及,他
身处隆冬,体温却在盛夏

盛夏,他
突然遇见我瀑布般的黑发!

黑发呀!来不及
多年后我们回到了初中

初中!
为一种北大之美重新剪短头发。

2014-1-27

风调

1

去年,支宇在牛津
今年,国强在牛津

但牛巾,不是牛津
刘遁,亦不是牛顿

2

诗人多,兽医更多
英格兰,1966
韦利将死……

妻问(6月27日):
I'm going to have some coffee.
You too?

"幽途?"

数分钟后,韦利死去。

3

古有丹阳灯笼客
今有丹阳眼镜客

她恨蒜,你吃枣
亡者畏桃,又是丹阳!

4

山中寒玉,黑夜多怀
薛用弱开写:集异记

不是东风,就是西风……
唉,为什么槐影令人害怕?
貌若儿童的老人令人害怕?

注释一:此诗开篇就套用老杜句法"前年渝州杀刺史,今年开州杀刺史",来写我西南交通大学人文学院二位教授支宇和陈国强,分别赴牛津大学访学事。

注释二：阿瑟·韦利（Arthur Waley, 1889—1966），继翟理斯（Herbert Allen Giles, 1845—1935）之后，最杰出的英国第二代汉学家。

注释三：韦利临死前，将英语的"You too"误听成了汉语的"幽途"，因此很不高兴。其妻不明就里，后来霍克斯（David Hawks）告诉她，"幽途"是佛家语，幽冥之途，指六道轮回中的地狱、饿鬼、畜生等三恶道。

注释四：江苏丹阳，古为灯具市场，今为眼镜市场。

2014-1-28

汉字故事一则

(异体字除外)汉字八万,十三经只需六千五百
死生有命、乍暖还寒,每个汉字各有去处,恰如

红茶,色厚,宜于隆冬;绿茶,色轻,宜于薄夏。
但是"得罪那,问声点看":若是各方言起义呢?

早已书同文,岂敢话同音!这一扒拉整得来多惨道
1986,切韵,川大只余李长庚,哪来临漳陆法言。

注释一:"得罪那,问声点看",参见徐志摩写的硖石方言诗《一条金
色的光痕》。
注释二:"这一扒拉整得来多惨道",参见蹇先艾写的遵义方言诗《回
去》。

2014 - 1 - 30

重庆上清寺,1966

更阴天,你就一春多病
更念死,她就活了下来

欧阳海,母亲,重庆
红箭、黑箭、孔雀……

鲜宅落日,何以思乡
鸟边文革,何以人闲

雨中,我们错斩了崔宁

二轻局——如梦的炮火
夏天饥饿的女儿,1966

他胖胖的尸体还在吗?
他何以食肉相换那绝交书!

说明：

此诗每一句都有来处，譬如第一句就来自韩偓"一春多病更阴天"。第二句，化脱自赫塔·米勒：《心兽》（江苏人民出版社，2010，第15页）"每个念叨死亡的人懂得如何活下去"。"红箭、黑箭、孔雀……"，属热带鱼常见品种，我在《左边》里写过此节。"落日鸟边下，秋原人外闲"（王维）被我改造成："鲜宅落日，何以思乡/鸟边文革，何以人闲"。"饥饿的女儿"，指虹影的小说《饥饿的女儿》。结尾一句来自黄庭坚如下二句："管城子无食肉相，孔方兄有绝交书"。其他意象，如"二轻局"、"胖胖的尸体"等，几乎都来自我写的《左边：毛泽东时代的抒情诗人》之《第一卷，忆少年·鲜宅》（江苏文艺出版社，2009）。

童年，我只记得听过两个故事，第一个是母亲给我讲的《错斩崔宁》，第二个是在鲜宅的草地上听一个老者讲的《欧阳海之歌》。

2014－2－1

春天之忆

——早春读《黄珂》,想起张枣。

黄珂兄:"这静夜,这对饮,我们仿佛
曾经有过,此刻,我们只是在临摹从前。"

读下去,我就打开了一本更老的历史书:

元遗山,八月并州,大雁南飞
韩冬郎,已凉天气,白昼入眠

戴望舒呢,病起尝新橘,秋深换旧裳
徐志摩轻轻地,似一只燕子穿帘而去

此刻,我们醒着,说着,补饮着……

那寒春病酒的人,不是我,是谁?
那浓春枯坐的人,不是你,是谁?

晨曦,剪剪风儿恻恻冷,幻觉北京!

我乘早班车去上课，一口气喝完一瓶橙汁。

2014 - 2 - 3

问答元遗山

儿女青红,云烟青红……
登临,他州谁有涌金楼?

草堂诗,便梅花人日
到来,古今谁见海西流?

风马牛,还归锦里春光
风马牛,忽迎并州凉气

鱼嘴可怖,风景送老:

任那人一心去做济南人!
任那人只把匡山当读书山!

2014-2-4

有所思
——赠李商雨

江南春景,月儿闲闲,我在芜湖抄星,有所思:

冬天水冷呀,夏天水热,人间麻鸭冷暖自知?
冬天镜子亦冷,那夏天镜子就热么?有所思:

百年——今天,衰老从何开始?一定是你的脸
用尽了光阴,而光阴也用尽了你,有所思:

在挪威北部,一个秋天的晚餐时分,幸福流逝……
某人刚好接受了我们大家无意中的告别,有所思:

为何偏偏是那中国人突然站起,流下热泪,领悟了人生?

注释一:《抄星》为李商雨 2013 年写的一首诗,我十分喜欢,特别引
来如下:

星是，昴星。牵牛星。明星
长庚星。奔星，要是没有
那条尾巴，那就更有意思了
星河廓落的很啊，他在抄星
月儿呢？月儿正闲，有一个人
在马路上散步，他闲过月儿
他抄星，在南芜湖，冬夜迢递
路灯一会儿白，一会儿红

2014 - 2 - 7

时间,我的惊讶,你在哪里

我曾经喜欢过 1963 年的黑夜
如今,我只爱 2013 年的黎明

半个世纪的三春晖,悄然而逝
讲堂早抛弃了大田湾来到森林
嗯,我将成为你们幽静的导师。

大人们都有平易近人的身体吗?
你听见了什么,语文里的燕子
刚从师范毕业的程老师怀中飞出

"童年是害羞的时代",没有目的
博尔赫斯呢,他活一天算一天。

2014 - 2 - 9

京都故事

行走在京都的秋色里,他的胡须被细细地吹着
他的胡须啊,与其说是柔和不如说是软弱
他就是一个活着的幽灵,比鬼还像鬼,胡须软弱……

在孩童般的小提琴声里,还是他,这个瘦弱多汗的人
冲动!怀着酒后的英雄泪,读完了一本共产主义小书。

1924年,一个花园,"啊,要记住,这个花园是着了魔的!"

注意:京都!"那在对称风格花园里长大的孩子"
"那并不与萤火虫、话语、流水、西风为敌的孩子"

注意:死神刚到,正俯身那缠了头巾的印度人而非孩子们。

难道只有德国人的欢宴才能从黄昏开始到第二天破晓结束?
难道梦是倭人身穿黑衣,行走于风的舞台,在京都……

已经有什么东西在飘落了,胡须吗,红艳艳的京都呀

又是他,胡须软弱的人,他杀完一个人,就变成了另一个人

而爱常常不为恨,只为遗忘,只为心的岁月把这些词组成篇章。

2014 - 2 - 10

1913

客气?不必;童年的
深冬,"甜蜜的药品!"

注意,彼得堡,1913
海军部背后有霍乱。

而怪人叶莆盖尼——
羞于贫困,呼吸汽油。

在远东,民国的江南
波浪肥腴,宇宙轻轻……

某人在曹娥清晨吃香烟

淡蓝的室内真是温暖呀
她吞下一汤匙止咳糖浆

注释一:"甜蜜的药品!"出自曼杰什坦姆(Osip EmilyevichMandels-
tam,1891—1938)《无法表述的悲哀》。

注释二:"而怪人叶甫盖尼——羞于贫困,呼吸汽油。"出自曼杰什坦姆《彼得堡诗章》。

2014-2-12

小学

钢厂橘树园,多么清洁!
劳动悠悠,从小学开始
一枚铁钉,接着又一枚

但为何有一泓重庆幽潭
但我们活在一九六四年

上清寺冬天的清晨,唯一
牛角沱明灯醒目,唯一
菜场的烧饼,两分,唯一

燕子在江北的山巅起飞了
女老师为美而屏住呼吸?

"看在世界的复杂性上"
我们靠小手哈气,获得热量。

说明：

如下是对此诗第一节的说明：

有关我自己寻铁的往事，我依稀还记得一点：那是 1965 年的秋天，我所在的重庆市大田湾小学校组织了一次全校拾废铁活动。我跟随全班来到郊外的重庆钢铁厂"铁硬的"废品场，一条铁路在此经过，两条细瘦的铁轨锈迹斑斑，我在轨道的碎石缝隙处，会找到一枚生锈的铁钉或一小块扣子般大小的废铁，但我并不兴奋，唯在秋风中边走边观望着周遭寂寥的景致，觉得一阵阵舒心的迷惘，那古怪的快乐，我至今也无法用语言来表述，但我第一次认识了铁轨，以及它很可能或注定将把我带到同样迷惘的远方，那怎样的远方啊……

2014 - 2 - 15

地学一种

1

天空悬锤,眉山秃顶,读来显得紧急,别怕
我至少不会"在铁制的衬衣里度过一生"。
慢下来,厌烦老人的孩子,看那黄昏的一瞬
——"佛教的夏天多么华丽"!但我仍不高兴。

2

为道德完美的橘子?为人类身体的马铃薯兄弟?
南京的气压超凡脱俗。莫斯科何在,往下想:
并非只有曼杰什坦姆拒绝了一种劳动的淫荡
我们亦早从云南醒来,放弃为苗条的呈贡工作。

3

我开始怀念重庆的体育,在野蛮中挥汗,春天!
而冬天岂止宜于几何,我爱上了物理学及电路图
还有明星般的日子——她炫耀着蓝色的阿司匹林。
初中"不许你去学驼背",青山时代也是革命时代——

4

历史老师的鹰眼正值离骚，直逼法国（他在恋爱）：
巴黎公社沦入"血腥周"，"梯也尔这个侏儒怪物！"
现在是二零一四年，喉头爆破音偏从丹江口传来：
喝下去，伏特加！不是苏联，不是波兰，是瑞典。

2014 - 2 - 15

秋千一架

秋千一架，因飞起而发热
香樟成林，因奔跑而昏迷

避谶刘克敏寿限长过婴儿
避谶刽子手当街翻检相书

乌云下的惊雷呀，吴文英
临江勾出了南山的金边饰

"那一轮爱上饿狗的残月"
那糖尿病鸟儿受疝气之痛！

2014－2－18

想到波兰

想到波兰,就想到一条飞鱼
想到夏日的维斯瓦河,维波罗瓦……
想到那个女诗人,她宁静的命运总是圆形的?

葡萄酒如血,卖肉者如肉……
偶然。在眉毛的拱门下——燕影——井水!

请转告波兰人:恐惧的人也是空虚的人。

那曼杰什坦姆"回到了故乡的军舰鸟上",
他像潜水员一样消失。我将用泥土捏出一个北极洲。

注释一:维波罗瓦(wyborowa),一种波兰伏特加酒的牌子。

2014‐2‐18

款式知多少

巷子的款式,风的款式
只有飞奔的森林年轻如云

睫毛——小扇子的款式
集训!少年莫扎特穿上军装

天空——我的鲜宅的款式
那中弹者脸色,白如妇女

下午的单簧管,秋天的款式
他决定"急忙成为一个节俭的人"

"手风琴还在徘徊,胳膊肘在忽闪!"

我一直在小学操场等待音乐课结束
火车鸣笛,老人呼吸着少先队员的款式

2014-2-18

田海林

嘴唇的形式,烟的形式,牙齿三岁的形式……
一个歌乐山-美国-广州-田海林-伟大传奇的形式……

拂晓四点二十分,你的身体进入中国南方的夏天:
白昼,很慢;天黑,很慢;人和其他动物,也很慢……

可年轻时,你比徐闻还急,比猝死还急,比射精还急!

故都,它的美很可能就在十九岁,在双流县的一个下午?

谁说的:谁遇见伦敦,谁就不幸;谁遇见美国,谁就老去。

2014‐2‐20

游于艺

虽说蛾眉两撇，一在并州，一在贵州
可她说张开弓她就思念那些独乳女人

左手无声，从纽约直入荥经一间瓦屋
青春，我记得他的黑！而右手专属印度

生活！——走来走去的人，夜不收的人
等待邮件的人……年轻的 Sibyl——

树叶起飞，嘴在天涯；写作，意味着游戏？

注释一："可她说张开弓她就思念那些独乳女人"，此句参见茨维塔耶
　　　　娃的诗《女人的乳房》。
注释二：Sibyl（古代希腊、罗马的）女预言家。

2014 - 2 - 20

黑

"绿烟和雨暗重城"之后,红云……

红之后,紫;紫之后,乌;乌之后,黑!
"——唉,森林多么黑,多么黑!"

还有更黑的大海,无胡须的游泳家已经潜入
(他脸色多么年轻而惊愕,刚刚由白变黑)

——往下游,往下游,黑!

黑"潜入时间,仿佛潜入海洋,不惊动海水……"

2014 - 2 - 21

追凉——山中小寺

榆荚潮湿,堆在墙角
趁三天,五天光景;
明灯一盏,细细柔柔
刚初见,便觉安心。

何来可怜?在山巅
我们总是从左边开始;
每当夜半,我们的心
又总是倾向于鬼神。

席地幕天,久坐多愁,
但并非说你闲来无事真病了;

可惜"花飞有底急"……
但并非说你诗歌无才是所悲。

2014-2-23

下扬州

眉来眼去,无事吃烟
清晨皮包水,终难免

闻风若蜜,饱食观鱼
水包皮下午众生平等

快!出名趁早杜司勋
快!退休要早袁子才

当"此身饮罢无归处"
那"玉人何处教吹箫"

注释一:自古以来,扬州有上午"皮包水"、下午"水包皮"之说。
　　　　也就是,扬州人上午去茶社吃细点、品茶、清谈,当然其中
　　　　也有生意等等,喝一上午的茶,自然是一肚皮包裹着水了;
　　　　下午又去洗澡,扬州人洗澡十分特别,用大木桶当澡盆,人
　　　　泡在里面,自然是水包着皮肤了。从这里可见出扬州人细
　　　　腻、讲究、唯美的生活。

注释二：杜司勋，即杜牧（803—约852年），字牧之，唐代诗人，杜牧曾官司勋员外郎，故称。李商隐为杜牧写过一首诗《杜司勋》："高楼风雨感斯文，短翼差池不及群。刻意伤春复伤别，人间唯有杜司勋。"

注释三：袁子才，即袁枚（1716—1797）清代诗人、散文家。

2014－2－23

求精中学

1

陆龟蒙才说那绿鸭儿话多
彭逸林便持灯上了小樊楼

指顾间,刚好双橘是霜橘
指顾间,江南江北一般春

衣锦昼行消得永昼,非关
梅妻鹤子,凡我同盟红马

春归不肯带愁归,在重庆
是她春带愁来,年年六中

2

那物理老师从垫江来?周末
他在二楼修一个电炉,求精!

那英语老师下午思玉？饼干
他吃了少许，笑少许，求精。

那语文老师名字直逼董仲舒
脸白已超越1972年的性感

那政治老师的美，永在初秋；
初秋，我爱上了英俊的排球。

那总披着围巾的数学老师呢
他更喜沁园春，而非微积分？

2014－2－24

抄风

李商雨芜湖抄星之后,风转成都。

眼前江山,此地生涯,我来抄风:

连龟尖风我都写过,还有何僻风?
但休说那平凡——狂风暴风微风……

"一样春风几样青";还有东风恶
"说与西风一任秋";又有风波恶

突然,"此语更痴绝,真有虎头风。"

风呀,为什么万事冬来都飘零……
老境只与少年同,非鱼不知鱼儿苦!

2014 - 2 - 25

闲笔两束

1

书蔬鱼猪,湖南香腊……
八百料理中多少白白红红

湖南堂客明秀,堂客劝酒
一杯一饭,生活诚朴。看

谁写兰亭小字,老去情薄?

曾国藩劝四弟要勤劳早起
齐白石"人间八十最风流"。

2

火鼠论寒,冰蚕语热,百年前:

重庆,你独坐一株黄葛树下
广州,他陷入一份叉烧肉中

成都人不谈经济，唯咏虚玄
南京人下笔千言，立等可取

冬天骨冷，胡宗南还住西湖？
元宵后春寒在，牙齿痛泪流过。

2014-3-1

橘子

橘子,第一个跳出来,很突然

灯,几点,没入日本式的黑夜?
精致么,逸乐橘子,发条橘子

橘颂后,有人说橘子是易哭的
有人说橘子是中国哲学的源头

而你说:"经典的橘子沉吟着"
橘子——青年德国初冬的汉风

橘子——人生;橘子——几何
橘子关乎儒佛,亦关乎西医学

橘子宜于梁朝,因梁朝是红的
也宜于唐朝,因唐朝黄得华丽

共和国的皖南呢,橘子并不合适

因为我们已经有了红星镰刀斧头

2014 - 3 - 4

两次间谍

> 热海有炎气,忆昔好追凉
> ——题记

1

……《辩亡论》后,你懂的
夜耿耿,魂憧憧,风骚骚

在南京后宰门至富贵山一带
"舍南舍北皆春水",逸兴遄飞……

那里终年住着一个间谍曹无伤
他心无近忧,而脸有远思……

无线电,无线电,他思无邪?

2

——暗淡而永恒的间谍呵

在隆冬银灰的太阳下，
因自恋住在流水环绕的城市
为长寿在暴风雨中听收音机

一九二七年，哥本哈根？不，
乌普萨拉——地理学即军事学
他，宁波人，终其一生偏爱北极光！

2014-3-8

风景

北碚
"春阴江上来,桃花含雨开"

西湖
晚浪吗;晚浪,筑波山下……

于是,我们观察川鱼:

急水冲击着阴天下发亮的窄鱼
一只鸟儿站在木筏上

楚客临风,蜀人玩竹,吴人摸鱼?
需知:水面绮丽,莫如说水面平静

2014 - 3 - 22

风景（二）

山气里有一个日落
归云里有几许雨意

"江暗雨欲来，浪白风初起"

空殿阴阴，寒气袭人
总有什么东西向暗中聚集？

哦，那是
石桥的黑影聚拢了一团行鱼

2014 - 3 - 22

走

今天,我们去散步,那散步人想起了什么?

那人走起来像神,跑起来像幽灵。
那另一个走起来像坏人,跑起来像烧工。

总得走呀,陶渊明袭我春服,走向南山
莽汉诗人上山下乡,大步流星闯荡江湖

红军长征,胡兰成亡命,红卫兵串联,往下走
有个人在"德克萨斯州的巴黎"走,垮掉着走……

在苏联,"我们的爱情活动主要是散步和谈话"
布罗茨基边走边想,这纽约的一天,这天小于一!

注释一:烧工,在此指烧砖工或烧炭工。

2014‐3‐23

慢山

丹青万象,风铃树响,神仙往来,听我说:

是晚虹,而非婉红,"能令苦海渡"……
是我,而非萧纲,打开了《法苑珠林》(卷102)

读下去:"郁郁慢山,……滔滔爱水,……"

等等,到底是哪一个爱上了梁朝同泰寺的浮图?
等等,请叫一声:应真,在梁朝,而非阿修罗。

注释一:应真,佛家语,阿罗汉之旧译。其义有二:一谓应受人天供
养的真人。二谓智慧与真理相应之人。

2014-3-23

老诗人（二）

沙静波轻，日磨岁莹，冬泳后，
老诗人（眼嫩晶亮，眼泪闪光）
幸福继续……出西门，提篮小买：

一袋花生，半斤芹菜，四个皮蛋
卤肉绝无葱蒜，川北凉粉有辣椒
羊杂米粉加冬菜、锅盔，治早泄？

午后燕子飞来枕上，女儿小垂手
幸福继续……老诗人喝罢酽沱茶
再不说清真清圆，只说南充清圆

注释一：据《乐府诗集·杂曲歌辞·大垂手》题解："《乐府解题》
曰：《大垂手》、《小垂手》，皆言舞而垂其手也。"《北堂书
钞·乐部·舞篇三》："大垂手，小垂手，像惊鸿，如飞燕。"

2014 - 3 - 24

风惊

说什么惊风火扯,闲来个灯草和尚
在巴山,风惊如集庙,光至似来陈

今朝事,车胎脂肪肥肥,橘花瘦瘦
重庆之秋水!火锅与小天鹅齐飞……

马还是熊猫,得问雌雄同体人张奇开
氛埃十足何来清凉,春诵之后必然夏弦?

注释一:惊风火扯,四川土话,形容人说话或动作时的样子:大惊小
　　　　怪、神经兮兮、一惊一乍。
注释二:"风惊如集庙,光至似来陈。"见《刘孝仪和简文帝赛汉高庙
　　　　附》。

2014-3-25

养小录

人生板荡得多么热切
岁月见证了鱼烂土崩
任他去,我来谈谈别的:

优游一刻,与支遁书
养小录哩,乐如之何
夏天-生抽-黄瓜-笑笑

他以为他发明了男面
错。面本来就属男性
这有何可稀奇,吃面
便吃小面,也吃重庆!

之后你薄眼皮被翻开
刮一下;之后你来到
望江厂会见上海来的
工程师,夜里突然想

广安产数学家，不等于

河南无；河南人盯着

"爱水"，想入非非……

并追问：语言是存在之家？

注释一：养小录，孟子最爱从大处论事，比如大众皆知他说过"天将降大任于斯人"及"养浩然之气"等，不过这里不谈孟子的此类大话，且看他下面一段大论："*饮食之人，则人贱之矣！为其养小以失大也*"（《孟子·告子章句上》）。此话大意是：追求吃喝的人，人们就会轻视他，因为他只保养了小部分（指满足口腹之欲），而丧失了大部分（指忽视了道德修养）。一句话，孟子倡导"养大"，反对"养小"。殊不知事实正好相反，几千年来中国人皆"养小"而绝不"养大"。

不是吗？如有人问中国人最爱什么，想来想去只有一个字最能概括，那就是"吃"。不仅普通百姓如此，就连大小文人也不例外，而且爱得更加热烈疯狂。如李白雄奇眩目的"将进酒"，白居易的"红泥小火炉"，杜甫最后的胀死，苏东坡津津乐道的"东坡肉"，李渔《闲情偶寄》中令周作人大为折服的"饮馔部"，袁枚的老饕圣经《随园食单》以及近代文人铺天盖地的谈论吃喝玩乐的文章，无不一致以"养小"反"养大"。

在这一场紧接一场的全民集体无意识的反孟"养大"行动中，有一个亮点人物，那就是顾仲。这一位一生不得意的清初文人可说是一位一锤定音的"养小"先锋。他鲜明地举起

《养小录》这部著名菜谱，反抗"养大"的姿态可谓斩钉截铁（其实早就在反了，只不过由顾仲来一语道破）。

顾仲是清朝浙江嘉兴人，从小便显出多才多艺的天赋，但一生未取得什么功名，只短暂入过"闱学"，做过家庭教师。顾仲偏爱庄子，对其有独见，有"顾庄子"之称。顾仲曾患有下肢麻痹，火疮等病，在病痛中度过十余年。病后写诗自遣，作有"蝴蝶绝句数百首"，故时人又称之为"顾蝴蝶"。这顾蝴蝶于康熙37年写成一部流传后世的饮食之书，初名《食宪》。但顾仲不满此名，他一贯就与世俗格格不入，终于有一天从孟子那段话中悟到了"养小"的真谛，遂取名《养小录》，以明其志，即养小反养大，并为饮食之人正得一个清白之名。

2014-3-26

巧合

1

她小脸紧致如早春二月
肚子却升起了一个落日

瞎子已说,电工的女人
再穿两件新衣就要死去

2

从早到晚少年们用热尿
猛轰那未老先衰的松树

女人并非只为自己哭泣
她一着急,欲吞下儿子

3

那吃饭慢、射精快的人
假动作多,毛巾铁般硬

我替你感受了咯吱窝的
命运,替你体会了肉的
平滑,五十岁的乌托邦

4

他习惯躺在中国坟墓里
他还带着一个大阪笑容

他津津乐道地说:"一个
男人要是没肚子那就是残废!"

2014-3-31

小小寺

岁月逝矣,江山如故……
进香人并不知老之将至

鱼儿受惊于声音
"女人的皮肤里有风。"

手边,无茶胜有茶
"梦里还钱,怀中赠橘,
虽神秘而焉求?"

那摄影师已死了三小时
(他的衣服还可活一百年)

"上有日星,下有风雅。"
小小寺,我们正好午间抵达。

广州还是香港?让我想想
到底哪边是周风,哪边是楚骚?

2014 - 4 - 1

因此

因此,风月相宜即光影相谐矣
因此,我读死人的诗,在树下

因此,生为英,死为灵
因此,苏州夏日蒸燠,热得不能出气

因此,她在乡下老床上就会有些放荡

因此,这世上,我记住了每个人走路的样子
每个人说话的声音(每个人都是独一无二的)

不是吗,苏丁走路的样子像他的妈妈
你说话的声音更像!

2014-4-4

小学（二）

人越老，皮肤越干越冰凉
惊回首：我的故乡，重庆

牛角沱神经，大田湾小学
口腔里李必秀校长的语文
课真美；年昭樑呢，永恒
的数学老师呀，你死了吗？

五十年生命重返浓荫鲜宅：

那正吃着小面的婀娜少女
那正吃着回锅肉的少年神
那白皙并专打人鼻中隔的
走起路来很慢的花花公子

2014-4-4

圆

生之有涯,而圆无涯……
圆眼睛、圆宝盒、赖汤圆、同心圆……
中国人无论贵贱,同意,就画一个圆

年轮或涟漪,一圈又一圈……

有诗来自天津:火到猪头烂……
那猪泪一滴,也是圆圆的
谁的泪滴又不是圆圆的呢?

徐州男人既尚武又妩媚,脸圆圆的
那爱看申报的太监叫硬刘,脸圆圆的

而如来,其实就是一个圆脸,笑圆圆的。
而"喉头周围是算计投下的圆圆小阴影"

2014-4-5

汉人的旨归

他脸上七点钟,他迎向晨风
风呀,有朋自远方来不亦乐乎

那武器和平,是因为铁锈吗?
也因为君子不器(汉人的旨归)

纸因云杉变酸,酸使蓝纸变红
看危机四伏的红色!玫瑰裂变

江南制造局非要追求现代性么?

我突然想起 T. S. Eliot 的白金丝
也想起流浪汉不是热醒便是冷醒

2014 - 4 - 6

户外

有箭就要射出去,有钱便要用出去
人,尤其男人,总是不停地走出去

风吹着即将入土的棺材时,不要说话。
无事情做时,径直去商店买一支笔吧。

孤独的人总是感到饥饿,要吃……
一路吃下去,吃到哪里黑便在哪里歇

花园的安静与旷野的安静是不同的
恋爱中牵手与性交后牵手亦是不同的

2014 - 4 - 6

断章

观瘦月一弯不在奈良
在乌鲁木齐
因为
那维吾尔学家
刚推敲完一个句子

醒来
长河落日圆
岂止塞上
博尔赫斯已说了
也在爱哭的阿根廷平原

2014-4-8

试问

图书馆有一种冬天精神
请回答：为什么死是多
生是唯一？为什么他要
坚决反对那株年轻黑树？

继续问

痛新鲜，痒成熟，苦呢？
时代在变，大圆脸失宠
酒太女性了，对于小车
我们为何一直有一腔渴意？

往下问

词偏爱从身体左边蹦出
物理学家偏爱超现实头盔
紧贴时尚的胸脯搞错了么
"因此生活最终是被亵渎"？

2014 - 4 - 9

夏至

太宰治说我这一生出过不少丑
西门媚便说:左边有一个苹果

那儿童练习鼓舞,老人不识干戈
那孟元老无论春秋,烂赏迭游

想想?无天高气肃,何来秋色平分
胡小波上席夜宴,以奢侈长人精神

夏天,宇宙要大变,一世无全人
陆忆敏风雨欲来,我开读东京梦华录

注释一:日本作家太宰治(1909—1948)在其小说《人间失格》《手记一》里,劈头就是此句:"我这一生出过不少丑。"
注释二:中国女作家西门媚在《山花》2014年第4期,发表了一篇小说《左边的苹果》。
注释三:孟元老,宋代作家,其代表作为《东京梦华录》。
注释四:胡小波,成都商人,早年为四川大学"第三代"诗人。

注释五：陆忆敏，上海女诗人。

2014 - 4 - 12

为何写作

天之酒星,不在于天,要化为人间酒徒
春夏体轻,我们反乌托邦!正单衣试酒

醉梨赋罢睡鹤记,李俊民后,元好问解恨
红绿如绣,读书堂畔,叹!济南行记

曲阜,又是山东!孔子曰:西方有圣人焉。
(云谁之思?……彼美人兮,西方之人兮)

George Orwell,岂止穷人是民族主义者
哪来太多的一九八四!男孩们才是乌有乡人

我,只为报复我童年时代的某个仇人而写作。

注释一:《醉梨赋》、《睡鹤记》为元代作家李俊民的两篇散文。
注释二:《济南行记》为金元之际诗人元好问的一篇散文。
注释三:最后一句是乔治·奥威尔(George Orwell)的一个类似的观

点,见其随笔《我为什么写作》(Why I Write)。

2014 - 4 - 15

象泻

阅过无尽山河水陆之风光,于今象泻萦绕于方寸之间。

(松尾芭蕉《奥州小道》之《象泻》)

有些事,我得在象泻才能想起:

潭太深,是恐怖的,摸上去极冷
而瀑布可笑,夏树妖娆并怒放

冬天,温泉浅浅,记得童年一日
南温泉热气腾腾,他颓废得胆痛
一个预言?笑的痛又是多么短暂

北泉风凉,最后的夏天,北碚!
兵器工业部派车来了吗,她的鼻血
另一个阿娜白人……飞鸟,衔发梦飞

亿年之后,山中养蚕人技师范秀美
转眼来到瑞鹿寺前,见明月如见古人。

注释一：诗中的南温泉、北泉都是重庆风物。
注释二：范秀美，胡兰成（抗日战争胜利后）亡命天涯时，结识的温州女友，相关故事参见《今生今世》（胡兰成著）。

2014-4-16

瓶中信

你说老杜肺枯渴太甚
我说乐天头号快活人
你说马尔萨斯人口论
我说清朝有个洪亮吉

人,酒话多有甚稀奇
唐朝事,竟从日本来
什么东西在冰岛抽屉
里喘气,他春秋来信?

大地梨园,古今诗客
过旧居,城北清凉山
雾霾也叫朝烟与夕岚

死,在何处,在何时
并非每个人都能找到
它不存在,对信来说

2014 - 4 - 18

商业与教育

1

钱神偏爱明王朝夏天的丝绸,
卜正民思考一个知县的秋天。

别了晚清民国的消费与生产。

在今朝,女商人如何做生意?
径直带着她的鼻和笔到处走。

2

母亲是重要的,但并非教育
一定要从晚明的闺塾师开始。

清朝是一种外来文化,继续!

坚定的锡兵岂是一个丹麦梦,
更适合我在成都的冬夜朗读。

注释一：卜正民（Timothy Brook），加拿大汉学家。在其著作《纵欲的困惑》（The Confusions of Pleasure: Commerce and Culture in Ming China）中，他的确在全书的结尾处，写来了一小篇《知县的秋天》。

注释二：闺塾师（Teachers of the Inner Chambers），是美国汉学家高彦颐（Dorothy Ko）的一本书名，该书全称是《闺塾师：明末清初江南的才女文化》（Teachers of the Inner Chambers: Women and Culture in Seventeenth-Century China）。

2014－4－18

颐之食

东海,我们吃跳跳鱼
贵州,我们吃爬岩鱼
……

肉丰满、萝卜白,是泉州?
请问:卖炭翁呢,他去了哪里?

工作中的夫妻总是相依为命的
高树上的蜂蜜让我流下了眼泪

快看,那只屋梁上吊着的风鸡!
这来自南方的古早味呀

让你突然激动地脱下了深冬的皮衣。

2014 - 4 - 19

收铁

收铁,收铁,收铁!
此车转让,在去郫县的路上

学校很安全
鸟儿就住在学校里面

空么?
李子树下,有两个乳房

大连?
那年轻的岳父像个少女

2014 - 4 - 19

反向

那检察官说看黄片看得吐,
那读诗人看诗就不看得吐?

美景何必低调如果人高调
恨赋之后,尤侗要反恨赋!

看,一天到晚,从南到北
印度都在哭,哪里是在唱

看,一天到晚,不分东西
优秀的人喜欢穿奢华的衣服

2014 - 4 - 20

读吴绮

年轻时,你总爱说繁星西倾,凉风习习;
春闺小令,你"把酒祝东风,种出双红豆"

而今老妪多情,尚可留春,又说的谁呢?
那扬州来的男诗人,年华白若处女,无碍?

了断胡须,你才过善人桥;酒人已过善人桥
(二郎腿的人是吃烟人,刚吃入人民大礼堂)

秋天,一个老师的命数……也去倚山阁听雨:
风吹山带,似淡还浓;点皱波纹,方成即散

注释一:吴绮(1619—1694)清代诗人。

2014 - 4 - 21

老人姗姗

梨树暗,白鸭轻,秋天……
星鸟南旋,耿耿愁绪无际,秋天……
但这不是什么土耳其"呼愁"的秋天……

墙垣卵石,坝头红树,星期天要吃竹叶青
黄门宴集,"我们还那么年轻,八零年南风拂面。"
算而今凉台作赋,幽怨谁多,迎鹤梦于空亭,老人姗姗……

当心,胡兰成!我这一生只是一个善于根据剧本表演的演员。

2014‑4‑23

春事

这一天,凉月欲升,长日未落
这一天,哀乐中年,如在春半

春阴阴而畏寒,人就努力加餐饭
何谓销魂事,吾友?一九八四年

那川外电灯泡里还有电的痛吗?
那老太婆还真如少女飞奔起来

今朝事,不日不月,得过且过……
别之为恨,别之为醉,别之为永年。

注释一:"那川外电灯泡里还有电的痛吗?那老太婆还真如少女飞奔起来"出自张枣为《左边:毛泽东时代的抒情诗人》所写的序言《销魂》(参见:颜炼军编选《张枣随笔选》,人民文学出版社,2012,第30页)。

2014-4-23

跪是一种心的仪轨

冬天,树的下半身用谷草捆绑,为了避寒。
几颗隋炀帝的牙齿像铁蹄,何来重现人间?

鹅乃王右军知己。鸡乃宋处宗知己。猪为谁人知己?
中国文人缺少国际性,遗憾?宏伟的世界观则不必!

朝长跪、夕长跪;日长跪、月长跪;跪是一种心的仪轨

2014‐4‐23

1987

往昔的欢游总在夏日
可老美人却不太懂得
她老年动人的性感……

遗憾……

(黑水的天空,古蓝云藏
头发!将来自未来的南京)

回不去了,米亚罗——
那里的流水沁人心脾
那天年轻的绮集只有三人!

二十年后,瑞典,
我们只需要造船厂和锯木厂
我们只需要身体,思想是个笑料。

注释一:"思想是个笑料",这句是一个俗套,类似的话许多人说过,纳博科夫便是最大的鼓吹者。不过,此句也潜伏着一个更深的意思。那就是:别怕思想,要怕形式!

2014 - 4 - 27

在瑞典森林里

电影制片厂在森林里,织布厂在森林里,大学在森林里,监狱在森林里……
在瑞典,我简直看不到想不出,还有什么不在森林里。

为什么在现实中他认识了腐朽;因为在森林里,她是无辜的。
为什么他要去纽约浪费时间;因为在森林里,她才呼吸畅达。

森林里,伟大的细节发出闪光,一个来自乌普萨拉乡下的姑娘变成了一位妇女。
森林里,宜于讲述他狂飙突进的青年时代;也宜于讲述他平凡敏锐的装卸工身世。

森林里,她总是给人正在期待着什么的印象;森林里,一个人只要走来走去就行了。
森林里,她会下意识地过完她的一生;森林里,我也从她的脸上阅尽了人的一生。

2014 - 4 - 28

瑞典幻觉：论嘉宝

13岁，她喜欢穿海魂衫，夏日……
13岁，她历史地理数学成绩优秀。

爸爸（对不起，我童年很害羞），
将死的人看活人为什么总觉得怪？

爸爸（风……茫或忙如捕风），
这和平的树为什么会被狂风吹疯？

东方经乱，泰半毁矣，可我知道
我终将有一行诗要在纽约跳出来

活下去！下面这句是里尔克说的吗：
我无限热爱瑞典，它到处都是幻觉。

幻觉，不祥之兆！人们早已记住你了。
幻觉，人们突然意识到，你是必死的。

2014 - 4 - 29

布

生命流逝,时间早就烦了
每一秒里,都等着一个死神!

日本兵的帽子下挂了两片布
像猪耳迎风为扇掉射来的子弹?

男裹绑腿布,女有余布缠足……

对于永恒,你说手输给了手套
我们却说:手其实输给了布

注释一:"手输给了手套"见波兰女诗人辛波斯卡诗《博物馆》(陈
　　　　黎、张芬龄译辛波斯卡诗选《万物静默如谜》,湖南文艺出
　　　　版社,2012,第18页)。

2014 - 5 - 1

北极地狱

没有春心,何来苦闷。
那夜晚来人是一个死神
三十年后他复活了一次。

镰仓,深黑眉毛的人
来自中国,他含着痛恨
活着,对他是一个灾难

三条腿的女人赫然在目
可越是相信,越是怀疑

地狱一定要在北极吗!
当那回民相遇汉语之甜

注释一:"北极地狱"出自波德莱尔《秋歌》中的一个意象。

2014 - 5 - 4

寻人

三年种槐,我要寻人
五年植榆,我要寻人

寻人
风雨一路可证其素心

寻人
做官就是荣誉
就能骑在马上
就能找到水源

酒后,我从花旗银行来
红颜小驻,白发生春……
闲情偶寄,何来遣愁

注释一:"做官就是荣誉/就能骑在马上/就能找到水源"(见陆忆敏
《沙堡》)。

2014 - 5 - 4

下徽州

风惊蚊宿,屡照镜疲
关麓年年,古树二株

金桂银桂,金环银环

橘不逾淮么?你懂的
小山阿隐,徽满江南

秋天
水墨幽奥,思想清贫
人哀于命,铜哀于风磨

注释一:"小山阿隐,徽满江南"(见王闿运散文《桂颂》)。

2014-5-4

年轻的圆

颓废的青少年时期
毁容的青少年时期
垂死的青少年时期

金黄古黄橘黄蜡黄
柳狂杏疯灾梨祸枣
上床睡觉电话突响！

初秋的重庆像异国
金瓶落井无见消息
梅在哪里？客居的
徐州人有蒟酱的笑

让契诃夫去描写吧
挑水者在庙里赎罪
老鼠吃了他的稿纸
年轻的圆老了还圆？

2014-5-7

清晨

清晨,雨藏春,春在眼,眼病江湖……
白发酒红,扬州风景,林古度,十载为谁淹留

五更轻浪五更风,青春重庆,黑夜消失
临江人遇见了上清寺,特园——邮局宿舍二楼

清晨,在南方,一个皮蛋,一个盐蛋,一碗稀饭
榨菜涪陵的?梅干菜衢州的?烫干丝,又是扬州

倒不一定非得是清晨,在吾国,如下真好:
一楼住政治老师,三楼住建筑师,钢琴师住二楼

注释一:林古度(1582—1666)明末清初著名诗人。字茂之,号那子,福建福清人。诗文名重一时,但不求仕进,游学金陵,与曹学佺、王士桢友好。明亡,以遗民自居,时人称为"东南硕魁"。晚年穷困,双目失明,享寿八十四。

2014 - 5 - 12

晚嘴

苏味道暗尘随马去
苏小小当年秀骨来

晚天与晚浪
晚树与晚街
晚人与晚酒

晚嘴！
……泛爱与幽欢

杭州城里望海潮
肉蒲团是最好的小说？

可你与我
发明了一夜的哈尔滨

可韩南发明了李渔——
他是王尔德也是萧伯纳

注释一：初唐诗人苏味道（648—705）赵州栾城人（今河北栾城）。青年时与李峤、崔融、杜审言合称初唐文章四友。"暗尘随马去"出自苏味道《正月十五日夜》，顺手引来全文如下：

> 火树银花合，星桥铁锁开。
> 暗尘随马去，明月逐人来。
> 游妓皆秾李，行歌尽落梅。
> 金吾不禁夜，玉漏莫相催。

注释二："苏小小当年秀骨来"，化脱自周邦彦"苏小当年秀骨"，参见周邦彦《满庭芳·山崦笼春》(忆钱塘)。

注释三：晚嘴（spatmund），策兰（Paul Celan，1920—1970）中后期诗歌中出现的一个重要意象（单词），详情参见诗人，王家新教授的相关文章。

注释四：韩南（*Patrick* Hanan，1927—2014），美国汉学家，1968—1998年，任哈佛大学东亚语言与文明系教授。

2014 - 5 - 13

学习年代

1

冬日拂晓,陈良文起床是件大事
全家忙得暖融融,比上学还重要。

潮湿木板怎会有电呢?快摸一摸

春悄悄,日迢迢,寒食梨花谢了
小学还差三斤铁,老师亦急得哭

2

转眼夏末,燕子来时,黄昏操场
中学多出两行闲泪:戴眼镜踢球
食指翘起,边锋"马蹄初趁轻装"

莫叫我许绍华,叫我喜儿,晚上
我们来翻阅中国地图集,来睡觉。

2014 - 5 - 14

弄晴春雨

弄晴春雨，归老沧州，如今
她六十七岁，声音美如白象

他眼睛呢，有点鼓，来自川大
有股力量？流泪的力量

1986年有何值得骄傲的事？
傅诗人说他老婆为他洗了衣服

天津，鼠窥灯，龟尖风……
贺铸——半死桐！小单于

顾彬教授从波恩来信了吗？
查一查，人在衡阳，虎观英游。

注释一："川大"即四川大学的缩略语。
注释二："龟尖风"（见柏桦《别裁》，北方文艺出版社，2014，第151

页)全文如下:

> 那13岁清秀少年,忽于日前在上海吹了怪风;
> 刹那间,背如弯弓,翌日变成驼背,医不好的。
> 据云所吹之风为龟尖风,属于百年难遇者也。

注释三:《半死桐》又名《鹧鸪天》《思越人》,是北宋诗人贺铸为亡妻作的一首悼亡诗。

注释四:"虎观英游",出自秦观《千秋岁·苑边花外》中一句"虎观英游改"。

2014-5-15

他的脚印是越南

在常熟,沙家浜
雾去山瘦,雨来水肥,人走茶凉。
怎么可能,惜花人会恨五更风呢?

那种树人嗜酒,那写诗人恨酒。
那房产人寄居于此,生涯三分:
二分经卷,一分药物
……

在远方,也有人是家具狂!
也有人做的饭菜,带榆气。

英国人阿米蒂奇,去年到过上海
在民生银行他说他的脚印是越南?

注释一:"惜花人恨五更风"出自贺铸《定风波·桃》。
注释二:读《启颜录》,知山东人做的饭菜,有榆气。

注释三：在西蒙·阿米蒂奇（Simon Armitage）《并非家具游戏》（Not The Furniture Game）里，我读到一句：他的脚印是越南（And his footprints were Vietnam）。

2014 - 5 - 24

在走……重庆

不,不,不是民国,是一滴北碚
1956;是爱尔兰人在黑暗中变坏了
(那东走西走的爱尔兰人,名字保密);

是一翁一媪,皆异人,在走;
是写新诗的王清贫刻骨,无少陵意态。

日月经历,生成吹嘘……

1976,嘉陵江大桥边,拾级而上
那代课老师的绿色的确良衬衫在走。

生死如昼夜,非生死汝州也,在走

在走……重庆!喜出望外的事:我艳羡
寻常巷陌,真是矫情镇物,五月天气。

注释一:"的确良",一种化纤织物,即我们今天所说的"涤纶"布料。

2014 - 5 - 30

电报

卑贱者最聪明吗?海的夏天。电报!

幻觉。白居易之鹤懒问每日电讯……

他错过的是神,支那的花花公子老神
老神犯了一个青春的错——海的夏天
电报!

肥得流油的反面,是瘦得皮包骨头。
她关掉灯,我就只好在幽隐中阅读:

海的夏天,电报古老,废弃!
平原的电波,茅屋为秋风所破,废弃!

电报是莎士比亚的《暴风雨》?也废弃!

2014-6-6

小消息

1

她来自非洲?也可能来自俄罗斯?
不,她来自涪陵,她走路的样子。

"好大,我的秘密,裹着绷带"
可黑人不知道每个诗人都是黑人。

单眼皮单纯吗,一个圆脸才单纯
"安第斯山-怀中-她开始躺下"。

2

晨空"剖开云雀-你会发现音乐"
(隋朝——破晓;正午——唐朝)

子夜美利坚!最后的女性没有舞蹈!

3

她还是你,用写诗来消磨等待?

黄昏,生命尽头的前夕,平静;
黄昏,少女的回光,遥远的土星

雅典的夏天悠长;江南苦夏年年
然后李哥杀蚂蚁;然后李哥无事。

2014 - 6 - 7

介眉寿

媚阳下,杏圆
烈阳里,瓜歪
柔阳边,枣裂

南方
为此春酒,以介眉寿

圆明园,行乐地
忆妖娆,黑大春
酒客归路阻,歌人思微茫

北京
为此春酒,以介眉寿

注释一:此诗起因,是读到倪瓒《踏莎行》起头四句中三句:"春渚芹蒲,秋郊梨枣。……檐前炙背媚晴阳"。突然,我紧急想到吾国成语"歪瓜裂枣"以及赫塔·米勒《国王鞠躬,国王杀人》，江苏人民出版社，2010，第10页中一行诗："当年村里我们大嚼歪杏"。

注释二："**为此春酒，以介眉寿**"见《诗经·豳风·七月》。

注释三：诗人黑大春是当年圆明园诗社头号抒情诗人。

注释四：诗人微茫亦是圆明园诗社重要诗人，后来又改名为大仙。

注释五："忆妖娆"，出自倪瓒《江城子·感旧》。

注释六："归路阻，思微茫"，出自倪瓒《江城子》。

注释七：这是最重要的一个注释，此诗标题"介眉寿"，以及引来《诗经》这两句"为此春酒，以介眉寿"皆是因为先读到倪瓒《太常引·寿彝斋》倒数第二句"介眉寿"。

2014-6-11

当当

美利坚,有个陶忘机,飞来飞去
我,晚年惟好静,万事不关心。

当当
唯美人正沽酒蒜山,白眼亦烂漫

当当
亡命人又看见了籀园,有草鞋虫

霜后橘,雨前茶,吴伟业镇日燕懒
曼翁,切莫怪卷地西风,忽然吹透

注释一:陶忘机是中国文学翻译家、美国人 John Balcom 的中文名。
他译过许多台湾诗,也译过我的《夏天还很远》、《望气的人》。
注释二:"晚年惟好静,万事不关心。"见王维《酬张少府》。
注释三:"蒜山"又名算山,在今江苏镇江市。
注释四:"籀园"在今温州鹿城九山河滨胜昔桥畔,是为纪念孙诒让而建。

注释五:"霜后橘,雨前茶"见吴伟业《意难忘·山家》。

注释六:吴伟业(1609—1672),明末清初著名诗人。

注释七:余怀(1616—1696),清初文学家,号曼翁。

注释八:"怪卷地西风,忽然吹透"见余怀《桂枝香·和王介甫》。

2014-6-16

脸色！风暴欲来……

新毛衣左肩有个大洞，他咳嗽；
美人的冬天，递过来一碗丰腴面

大西洋真寒冷呀，西班牙人懂么？

青筋来自暴露，掌纹生于击打
愤怒需要晦涩，羞愧理当敞阳
做！他其实是为了气死两个人

我走动，母亲坐下；我弯腰，父亲站立。

不懂幽默，何来牛仔——帽子？
向你礼拜？不，向你的帽子礼拜。

阳台，晾衣绳闪颤——，脸色！风暴欲来……

注释一："掌纹生于击打"化脱自诗人蒋在《就算你脱掉所有的外衣》

中一句:"殴打就能生出掌纹"。

2014 - 6 - 20

为人

人在碧山,晚来风吹
看风景要不动声色?

人,我在想(很迷惘):
怎样保持喜悦的分寸
——这是一个问题

树之中为何桉树不怕火
人之中为何你溢于言表

人
醒来灯未灭,相逢教惜别

2014 - 6 - 23

国父论后

树约风来风几许?最镜中
唯一点新恨,八千个旧愁

这么快,下午的空调室里
人老了,胳膊就要露出来
不是少灰白,就是更灰黄

怎么又是重庆,国父论后
厉鹗说:冬杪,凉花载雪
我说夏天凄凉,只在钢校。

注释一:"国父论",见刘小枫《今天宪政的最大难题是如何评价毛泽东》。
注释二:厉鹗(1692—1752),钱塘(今浙江杭州)人,清代文学家,浙西词派中坚人物。
注释三:诗中的"钢校"是指:重庆钢铁工业学校。

2014 - 6 - 23

冰岛

世界的尽头啊,冰岛!
——博尔赫斯

在这儿,人们可以赢得亡者的爱。
——W. H. 奥登

你是铁山铁林铁浪
但绝不是美丽长岛!

你是漆黑棺材
——躺下或直立;
你是乌云下
——炫亮的自行车

电影——
人刨坟,两个老人
冰岛——风之传奇!

金发黄昏,白耳

真是宁静……
还有竖起的狗耳
——非要突然震惊!

2014-6-24

读马鸣谦译奥登诗选

1930年8月,奥登在苏格兰
海伦堡的凉月下

不敢去回忆
鱼儿忽略了什么,
鸟儿如何逃脱,绵羊又是否顺服。

八十年后,有一个人
在苏州译出了这三句

从此
思想如岁月般成长,在老年
舞蹈鞋让冬天吃惊,在南方

2014 - 6 - 25

一段音乐

德语文法在哪里?风景里!
莱茵——秋水共长天一色。

唉,自古以来,为什么
爱尔兰就爱出社会主义者?

欧洲吗?不。也可以在合肥:

1903年——
地狱里挤满了音乐爱好人
音乐,是被诅咒的白兰地。

今朝,猪栏酒吧
在西递、碧山一带忙个不停;

今朝,终会有一株树
让劳教释放犯坐下流连光景;

不用拜墓,不用缝补,不用慌
回忆意味着呼吸紧?流亡结束?

拉魂腔……陈先发,在徽州
一声箫,两声二胡,三声铜锣……

注释一:"1903年,地狱里挤满了音乐爱好人:音乐,是被诅咒的白
　　　兰地。"出自萧伯纳《人与超人》第三章。转引自马鸣谦翻
　　　译的《奥登诗选:1927—1947》,上海译文出版社,2014,
　　　第550页。
注释二:"不用拜墓,不用缝补,回忆意味着呼吸紧?流亡结束?"参
　　　见马鸣谦翻译的《奥登诗选:1927—1947》,上海译文出版
　　　社,2014,第552页。
注释三:"拉魂腔",是诗人陈先发写的一部长篇小说的书名。

2014 - 6 - 30

镜中

前寒武纪的天空射出红色光芒,罗马!
晚明的自鸣钟便有一种1950年的兴味;
活泼泼的新中国呢,何来悲天的感伤?
可总是少年人恨老年人,一代又一代;

一个夏天,那看罢《宁死不屈》电影
的初中生在背台词:"墨索里尼,总是
有理,现在有理,永远有理!"一个夏天
木匠刨子,被十二岁的我涂满了松节油。

《新约·使徒行传》说:"你们的少年人
要见异象,你们的老年人要见异梦。"
唉,少年宜于执行却不宜于判断。镜中?
是的,拉康!自我从那面镜像开始——

少年比老年言说流利,美的春天美过冬日?
少年比老年更接近上帝。你说对吗,张枣?

注释一:"前寒武纪的天空射出红色光芒,罗马!"见马鸣谦翻译的《奥登诗选:1927—1947》,上海译文出版社,2014,第559页《晚间漫步》第四节。

注释二:阿尔巴尼亚电影《宁死不屈》中最著名的台词正是:"墨索里尼,总是有理,现在有理,永远有理!"

注释三:专此抄来张枣1984年秋冬之际写出的不朽之作《镜中》:

只要想起一生中后悔的事

梅花便落了下来

比如看她游泳到河的另一岸

比如登上一株松木梯子

危险的事固然美丽

不如看她骑马归来

面颊温暖,

羞惭。低下头,回答着皇帝

一面镜子永远等候她

让她坐到镜中常坐的地方

望着窗外,只要想起一生中后悔的事

梅花便落满了南山

2014-6-30

读书为了娱乐

本雅明，巴黎周边有一些幽灵山
康拉德，英国偶尔有一种波兰黑

在广州我岂止记得昨天那条锦鲤
昨天见过的那只蚂蚁，我亦认得

成都还是挪威，1987，奇异之年！
神孤独，兽孤独，四年后你又要

遇见我；南京，一切知识皆回忆；
嗯，问问柏拉图，读书为了娱乐？

2014-7-2

也许

也许,我一出生就是二十二岁
也许,我一生就是这个年龄

也许,四十年前,我未曾在这湖水里游过泳?

唉,多少清晨,哀歌并非单调,可就一直哀叹着
……

枯叶蝶、枯叶鱼、枯叶鸽?
一只黑鸽,一只信鸽,一只文鸽……

他说话的声音像钢琴(为什么)
他羡慕一个一生无所事事的安静的上海人

也许
照相机像个巨大的生殖器,Michel Tournier 如是说

也许

暑假是悲伤的,因为红扑扑的"费特像鹅一样高傲……"

注释一:费特(1820—1892),俄国诗人。

2014 - 7 - 12

清晨,我在想,人之一生

清晨,我在想,人之一生……
尽用马车赶路,又有何不妥呢?
(其实,工具越简陋,意义越深刻)

在吾国,还有什么东西令人叹为观止:

除了猪栏酒吧的一扇门、一个小小的院落;
除了明明是精神病院,却偏要说是精神卫生院;
除了梅兰芳的手指(而苏联人说他们的手应该砍掉)!

苏联,不。害羞,不。疯,不。笑,红红的,不。
为何总是戴眼镜者首先被淘汰?清晨我在想,人之一生……

2014-7-12

得考虑

死气沉沉的东西,总是干干净净的;
而斗争连接着动荡,富贵相惜于温柔。

荷兰,小城富足;德语,硬铁碰撞:

得考虑,镜子阳性,简直疯了!
得考虑胆识,在重庆的烈日下炼成
得考虑樱花,树木中最具源氏物语的
……

得考虑我们(也包括他们)的形象
——卷起袖子,翻下袜子,露出肌肉

可还是有什么别的东西让我心不在焉……

2014-7-12

达州

正午,夏日阳光照亮山林,室内灯光如炽

达州!
——党在寻找一个撰写编年史的诗人。

(史记:人厮杀各异,痛苦相同……)

学员们,旅游真的是一种社会实践么?
红军——白军——黑军——绿军……

美学,请记住
——我青年时代的罗书记,赌酒到天明!

嗯。达州
某个儿童的祝福已发出了光(不是菩萨)

嗯。可为何依旧是:你的北京,我的南京
而他在回忆中听见了另一个人正说着英语?

2014 - 7 - 16

年轮

1923年,是因为我没什么职业吗?
"贝壳承受苦难,乳房膨胀增大。"

1976年,文革稍息,新人辈出
的确良要贴紧,贴紧重庆的夏天。

1983,唇边-静电!唇边-火焰!
怒气在一所房间里——碗的唇边?

2010,此秒已逝,声音永在……
爱只能来自长沙,来自散步的树木

而失眠人五十刚过,便失去了分寸
我的道德经虽在,却没有了礼拜天。

注释一:"贝壳承受苦难,乳房膨胀增大。"出自茨维塔耶娃《贝壳》
(《我是凤凰,只在烈火中歌唱:茨维塔耶娃诗选》,谷羽译,上海译文出版社,2014)。

2014-7-17

周缘

杯酒之间,北方前进——;
南方——踏浪,正午如命。

长沙开口说,重庆跟着说
越南人很慢?就再听一遍

成都,一千四百万人——
笑笑生——并没有打扰我。

但
假如神今年夏天来过庞庄

我很难不相信这只老苍蝇
已在意大利的晴空飞了一年

2014-7-18

道可道,非常道

1

天气像重庆,花朵像长春
无足道

对移民来说,国家是闲的
无足道

圣经认为:左手胜过右手
无足道

夹子夹着,衣服不会掉落
无足道

2

可道
没有意义的阅读也是阅读。

可道

没有意义的烦躁也是烦躁。

可道

胖胖的她不是在走,是在滚。

可道

我们遇到的别人是我们自己。

2014 - 7 - 19

一年四季

从早到晚的太阳,每过去一小时,都是值得追忆的……
所以记忆的颜色,不妨,也可以像非洲肯尼亚街区。

好听的发音是雅典少年,合肥少年呢,难道就不好听?

夏天宽宽,秋日有时很窄;冬天我们吃肥肠,有人春天也吃?
那无肩章的政委是一个隐于人间的小神,他暗中研究狄金森:

一年四季,何谓星辰?只不过是指点人生的星标而已?
一年四季,信呢?张枣最爱!信是凡间的一种欢乐,众神却无
　法得到。

注释一:"何谓星辰?只不过是指点人生的星标而已?"见《狄金森全
　　　集》卷四,蒲隆译,上海译文出版社,2014,第394页。
注释二:"信是凡间的一种欢乐,众神却无法得到。"见《狄金森全
　　　集》卷四,蒲隆译,上海译文出版社,2014,第392页。

2014 - 7 - 19

归去来兮

归去来兮!
成都马甲是安达卢西亚马甲
君王无论西东——紫气相同!

北京——
冰岛来的女天文学家大惊失色
晚餐时,你把 egg 说成了 pig

马森娃(Magssanguaq)呢?
你是一个夜里的法官诗人吧;

格陵兰很冷,情况也不紧急
但一生一次,你碰了一下冻硬的手。

2014 - 7 - 21

温州

为何总是在温州?
年轻的意志——
倾心于身体戳洞
倾心于十字绞刑
倾心于一把斧头

温州,击鼓传花
——十万火急!
温州,木匠的凹槽
睡着一轮夕阳。

日新(make it new)
有天钟,就有耳朵
热爱耶稣的温州人
决定上山观看日出

2014 - 7 - 22

和纳博科夫

——为谷羽教授所译纳博科夫诗歌而作

我的后世子孙个个目光挑剔,
未必记得我外号为飞鸟。
——纳博科夫《音韵生涯短暂》

"……我会死,但不会死在夏日凉亭,
不会死于炎热或暴饮狂餐,
我会象天庭的蝴蝶陷入罗网,
死在荒蛮的野山之巅。"
——纳博科夫《我曾经那么喜爱……》

回首往昔,我小学时代的夹竹桃不好闻……
多年后,想起来却有克里米亚 1918 年的味道

随着这味道,我成长为 21 世纪的开朗居民
我,一个古风爱好者,在你约定的时刻,
打开了你的诗集——每当黄昏星降临

我都会一再地读你的《初恋》和《燕子》……

深夜的罗斯总是环绕在四周，你的
也是我的——林荫道尽头，小桥旁边，
白桦与白杨树叶都有反光（枞树来自东德?)
——象风、象海、象奥秘。

象在中学时代倾斜的课桌上，你的?
不，也是我的，在重庆市大田湾小学
我也缓缓地铺开过一张地图……春游
我也挎过深绿色的军用水壶，观看过燕子……

如今我已60岁了，夜半惊醒，黎明嗜睡，
如今我早忘了玻璃下面的诗页，将永成?
可那涂改处曾闪烁如电，地狱般疼痛！
似一架古老的竖琴——罗斯的琴弦患了重病。

如今我在此与你交谈。你觉得寒冷……这冷风
来自往昔……再见吧，再见！我已经感到满足。

注释一：诗中楷体部分，引自南开大学谷羽教授惠寄的《纳博科夫诗

选(40首)》,在此,我要特别向谷羽教授表示由衷的谢忱。

2014-7-22

忆柏林

我将何时忆起柏林,十七年后?

那长椅的木板接近腐朽,
脚下深处是胭脂的河流,
……

我将何时念念,人的一生有多少次呼吸
忍着重病啊,柏林!赫塔·米勒的杏树

注释一:"那长椅的木板接近腐朽,脚下深处是胭脂的河流,"见南开
　　　大学谷羽教授翻译的纳博科夫诗歌《夕照中》。

2014 - 7 - 23

人生

为什么在罗马尼亚,死者的脚要被高高垫起?
为什么黎明蚊子,黎明耕马,黎明鸟儿,叫声惊恐?

对于臧棣来说,人生就是左手协会,右手丛书。
对于奥登来说,人生最重要的是不与有洁癖的人交媾。

2014 - 7 - 23

痛苦与白
——致阿尔巴尼亚

在阿尔巴尼亚,痛苦,很家常,很深,很慢,也很白
——因为他们一年四季都酷爱穿白色的袜子?

无事干,阿尔巴尼亚人才成为全球最痛苦,最白的人?
阿里·博知雅渴望看着阿尔巴尼亚人走向火车站,涌入大城市

——在阿尔巴尼亚,人并不轻,常带些雨后沉重醉意……
他们爱钓鱼,有时,这甚至成了一种家庭寻常的乐事。

但我总觉得有什么地方很别扭,悠长夏日的白呀……
回头看:你的黑胡椒白面条真是白得傻眼、傻口、傻心!

注释一:阿里·博知雅(Ali Podrimja, 1942—2012),出生于阿尔巴尼亚地区的科索沃诗人。"渴望看着阿尔巴尼亚人走向火车站,涌入大城市"见宋子江所译其诗《还是,还是》。

2014 - 7 - 23

1241 年

年轻黎明——来自一枚拉脱维亚宝石
吴文英在杭州丰乐楼凭窗织锦……

我写诗,是为了消磨时间
我养狗,是为了排遣愁绪

死,死了死;生,生了生……
"我简直是相当满意,
处在这样一个独特的社会。"

1241 年,你顺风递给空气一个宴室

怎么啦,命运的麻沸散——
怎么老有一个来自黑海的商人很锤子!

2014 - 7 - 24

惊回首

我一读到"四肢如诗的女人"
就想到虎脸偶尔像人脸。
我一看到黄脸如教堂的蜡油,
就知道这种脸色也说得过去。

灰色青春日子-无眠-神经痛!
——惊回首:

百年前我们竟活过,街道还在
唉,只是与我们的命运无关。
成都植被,甜暗潮湿,我相信:
那徐州油头人晚年会找到点滴乐趣。

2014 - 07 - 25

于是

任她去,她吃粥要放猪油,饮茶要放辣椒,喝牛奶要放醋……
可对远东人而言,冒充先知的人留须;可中国佛陀无须!

在纽约,无政府主义者应学会冲厕所,因为古文有一种轿子的味道?

于是鹤舞,穷阴杀节,急景凋年;于是风暖凌开,鲍参军作园葵赋。
于是海为酒、山为肉、竹为笛;于是"当前的形势和我们的任务……"

于是人因人而异,手因手不同;他的手不适合擀面,适合做数学题。
于是人,汉男人,他们几乎个个看上去都像孩童,一生都不发育似的。

2014 - 7 - 26

皮袄

蜡烛在燃烧,二月在痛哭,桌上摆了一瓶伏特加酒。
爱尔兰的曙光啊,日瓦戈医生的故事……接着——
"我返回莫斯科,不,你要读着被押回佛教的莫斯科。"

请回答:高尔基恨曼德施塔姆吗?"够了,又是佛像。"

但"应该弄件皮袄!"
"他穿的皮袄不合身。皮袄留在了彼得堡。"

"皮袄,就是生活的稳定!皮袄,就是俄国的严寒!
皮袄,就是一位平民知识分子无法觊觎的社会地位。"

2014-7-26

四季

春日黄昏,细月如爪……
隋朝闲人杜子春在洛阳望天……

夏日柳巷呢,干了的青苔卷了起来
在苏州,王长河头……

秋日,打手在嵊县招,基督在南京找
——为何?

冬天——
我们的耶稣爱上了秀丽的驴子……
"酒的残留物呀,请原谅我用的字眼——尿!"

2014-7-26

各有去处

西方,佛陀。南方,铁托。
凡人各有身份,各有心胸。

吃鱼高雅,但不宜于川人。
川人只吃丑陋的酸菜鱼。

年轻时读书,且宜于矮子。
矮子因太想演讲而读书。

感受光景,度过一生,你的
工作就是给开水烫过的番茄剥皮。

2014 - 7 - 26

吃惊的事

破晓黑铁,天很酷;他 17 岁,对未来没有规划,更酷。

转眼,有些工作在夜间进行了……
譬如扫街工、打更人(现已绝迹)、送奶者……
譬如"她疼痛起来难看的样子,如她性交狂喜中难看的样子。"

之外,生活复杂,但为什么唯有女性的手一年四季才是凉的?
为什么从口腔到肛门,人(也包括动物)是那么精确而畅通?

2014 - 07 - 26

片面重庆

重庆热——令人想到奴隶制度
重庆温泉——年轻的社会主义

重庆初夏,北碚清晨是凉幽幽的,而非凉丝丝的。
重庆南岸,唯有一件事永恒:女厕所三个坑位,男厕所五个。

注释一:这个重庆南岸的厕所坑位数,是虹影统计出来的,见其杰作《饥饿的女儿》。

2014 - 7 - 27

天空

醒来开卷有益:感伤者最残酷,敏感者易后悔。
唉,我的全部是一只水果,Vladimir Nabokov。

多么渺小啊,雪橇——
在马车夫肥臀的衬托下,在古老的俄国。

1988年,深冬,南京,
她走起路来,有一种云南大学的美——

天赋吗?不,礼物!(Gift? No, Gift!)

刹那间,在袒露的夜空,高高地……
"瞧,"他说,"多美!"
……
她微微一笑,双唇微启,朝天空仰望。
"今晚?"他问道,也把目光投向天空。

2014-7-27

风景（三）

奶奶像猿猴，坐在校门边的树下。
《心兽》说："裁缝家浴室里的阴毛比头发多。"

可女医生比白昼还要美丽。她就是人间的神！
可他的脸白里透红，洋溢着一种祖传的年轻。

可我中学时代的阿司匹林老师真是玲珑而洋气呀。
可如今我已60岁了，才刚懂得风景是历史学家。

2014 - 7 - 27

因为

因为爱难以启齿……在床上、在书中、在浴室、在野外……
因为北碚邮局、上清寺邮局、我鲜宅般的童年!
因为家庭天生有一种下午的杀气,来自精神分析的一个观点?

因为广州,我们会想到:南方、商业、迷信及革命……
当然也会想到:早茶、夜宵、蛇羹和叉烧……

因为热,英国人一到印度就容易变成坏人或怪人

因为一个日本南北朝时代的童仆,名叫乙鹤丸
因为日本的一切都是轻的,"连火车都使人觉得很轻"

因为毛多情深,毛少义薄;夫妻之间,爱得更深的一方先死
因为汉人脆弱而残酷;易怒而女性化;为复仇而去吃大便(越王勾践)
因为万事万物都有一个黎明,《伤寒论》就成于汉朝的黎明!

她穿的裤子总是不好看!黄昏快走呢,用脚踩缝纫机呢,剥洋

葱的样子呢……

2014-07-27

试试

Emily 紫色，Joseph Brodsky 淡紫！

她的英语有一种地中海的语调？
他输了彼得堡，觊觎了威尼斯？

回到挪威！
如果白必须成为一种黑，就黑到底！

回到彩虹——大自然艳丽的叛逆！

极限！
她用一辈子（87岁）熬过了这个正午。

2014 - 07 - 28

元朝故事

阴凉冲破了寂寥
却毁了人的安静
一只老挝小飞鸟
一抹倪云林织锦

大脸夏天,无事
奢侈元朝,无情
字典应负责!但
查不到温州口音

美学可是茄子吗
道德更不是腊肉

仇敌偏激于鹅毛
江阴才拍案惊奇

2014 - 07 - 29

云之南

命若夏天,九十年何其短暂!
河内的星星,一种东方装饰
此地童年,西南边疆……

大使,大使!法国——
谈飞行么?激动家乐福姗姗来迟

大理
突然,树木站住,唯恐涕零……
报仇!饥饿艺术家已肥得流油……

热带是一种胸怀,也是一种闲逸
只要你躺下,便能独吞一个宇宙!

2014 - 07 - 29

像迈达斯节省金子

相信我,他身上的东方!
相信我,冰岛是慈悲的。

Emily:*海多么慢*——
而你(是否)早就说过
信仰一退位,行为就琐细?

曙光只赠与贵族——

"……但命运老矣
节省福气
像迈达斯节省金子——"

注释一:迈达斯,也译米达斯,希腊神话中的佛律癸亚王,贪财,能
　　　　　点物成金。

2014 - 07 - 29

古老的事

为什么说幸亏那是一种牙买加眩晕?
古老的事,有时温暖,有时也困倦。

分兰——夏日窗帘囚树荫而凉快……
我想起蒲宁在巴黎年轻的晚年……

舒服,直到对舒服的厌烦!
人们,直到中途稍事休息
——做好准备,等待长眠的到来……

身体会影响思想,情绪也会影响?
一定!可并非所有人的一生——
剧痛!——顿会涌起四海之内的友谊。

2014 - 07 - 30

跃起

灯因阴影而柔和,人因命数而弛张
印度洋、北冰洋、大西洋……

莫斯科——明亮!彼得堡——银灰!
夏夜——豆荚爆开——无论西东!

但路还远,花园、花园、花园……
但萨格勒布,你太远,远在天边!

但听到船长的口令,我会立刻跃起!

注释一:"但路还远,花园、花园、花园……/萨格勒布,你太远,远在天边!"参见谷羽教授所译蒲宁《带着猴子流浪》,《永不泯灭的光——蒲宁诗选》,敦煌文艺出版社,2014,第97页。

注释二:"但听到船长的口令,我会立刻跃起!"参见谷羽教授所译蒲宁《召唤》,《永不泯灭的光——蒲宁诗选》,敦煌文艺出版社,2014,第118页。

2014-07-31

我在怀念

远方的山脊中午呈现暗蓝
雨中饮酒,这里春天凉爽

转眼,不,真是眨眼呀 ——
淡金色乌云吹来轻柔的暮年

吾友,我在怀念,每当酒后……
难道只有豹才配得上钻石坟墓?

当山山岭岭刮起了傍晚的风!
那英语老师还坐在堆满画报的床边?

注释一:"远方的山脊中午呈现暗蓝",见谷羽教授所译蒲宁《卡拉布里亚的牧羊人》,《永不泯灭的光——蒲宁诗选》,敦煌文艺出版社,2014,第143页。

注释二:"雨中饮酒,这里春天凉爽",见谷羽教授所译蒲宁《从酒馆小花园……》,《永不泯灭的光——蒲宁诗选》,敦煌文艺出版社,2014,第147页。

注释三:"钻石坟墓"参见谷羽教授所译蒲宁《豹》,《永不泯灭的光——蒲宁诗选》,敦煌文艺出版社,2014,第178页。

注释四:"当山山岭岭刮起了傍晚的风!"见谷羽教授所译蒲宁《冬天的荒凉与灰暗》,《永不泯灭的光——蒲宁诗选》,敦煌文艺出版社,2014,第187页。

2014 - 07 - 31

易怒

体弱的人易怒……儿童、妇女、老人、病人易怒；
古老的南充，热情的人也易怒；残疾人天性凉薄？

易怒，日复一日，填满了空虚，但失去了平衡。
鼓浪屿2014，人在夏天，一个学生最不可含怒到日落。

2014－08－07

孤独的白

风起于林中空地
吹向夏日白昼——
平静的大地,晴朗的公墓……

白呀
莽汉派诗人的肚皮是白的

刺槐花是白的
燕子腹部是白的
光是白的……

瞧,
白石桥一弯!它白得多么孤独!

2014 - 08 - 09

春事

游客欢喜春腴,吃客便欢喜肥腴

昨天我们到蜀腴去,麦太太没去过。

江南人呢,竟亦大块乐道于蜀腴——

猪油夹沙包子,张飞牛肉下酒……

花自妩媚,人无事,又在阴阴春日,

"文字非经济,空虚用破心"——

这说的不是乱世诗人黄燮清,是你!

另一个海盐人,**醒着欲眠眠着醒,**

灯也心焦,春也心焦,俞也心焦。

注释一:"昨天我们到蜀腴去,麦太太没去过。"参见《张爱玲文集》
（第一卷）,安徽文艺出版社,1992,《色·戒》第 249 页
（按:"蜀腴"是上海 1940 年代著名的川菜馆）。

注释二:"文字非经济,空虚用破心"见唐代诗人姚合（约 779—846）
《闲居遣兴》。

注释三:"醒着欲眠眠着醒,灯也心焦"见晚清诗人黄燮清（1805—

1864)《浪淘沙》。

注释四:"俞也心焦",读者一观便知,我是说中国当代著名抒情诗人俞心樵(他 1980 年代写诗时叫俞心焦)。

2014－08－12

各地不同

在扬州,你说三生杜牧,江湖载酒,十年俊游……

在苏州,她二更说一枚新月,三更说一眉黄月。

在南京,我说鸡鸣寺日落听鸡,玄武湖风起玻璃。

等等,还有某个人随手(暂)写来三不如,在上海:
吹箫不如吹雪。吃鸭不如吃鱼。看神仙不如看廊桥。

2014-08-13

帽子简史

喜马拉雅——最远的寺庙
一个黑宇宙——戴笠漂移

猪栏酒吧,小谢清发——
钢盔来自德国,夜半何人持山去?

快!什么边边(重庆或武汉)?
红云一爿,正落入那劳保藤帽里。

2014 - 08 - 15

江山入梦

"七"——生命的周期——
在第六个七和第七个七之间
——四十八——注定要出现。

父亲没有了青春,孩子不会爱他
女人若马?若犬?若猪?若蜂?
神,将如何挑选她们的生命?

吴头楚尾,江山入梦……兰成!
喝酒不兑水的人,是简单的人
松开皮带的人,是如释重负的人

2014-08-16

比蛋还要白的神

就像一匹阿塞拜疆马追随一匹塞维利亚马
将来,你也会回想起你年轻时的命运
——那比蛋还要白的神啊
他不想生活在希腊,他要飞去合川——

说什么"钱决定人","酒是人的镜子"……
说什么进贡,是一个长夜,一个银灰色的波兰

镜中之后,南山空灿;秣陵之后,白石空烂
德意志!"不管什么树,要栽,先给我栽葡萄。"

2014 - 08 - 16

致遂宁

——兼赠黄彦、胡亮、蒲小林

那小乘佛——十五六岁的样子——
穿着干净布衣在村里讨饭——是美的

一株菩提从鸡足山来到广德寺是美的
缅甸小玉佛在玉印堂小四合院是美的

黄葛树八百一十年,这有点令我害怕
此地黑夜安静,这更有点令我害怕

吃太安鱼的人总是那么狂叫吗,对面
空中,又见遂宁森林,我的夏日——

主管后勤的普觉禅师说了什么我忘了
只记住了他的电话号码:13882505572

2014-08-22

重庆

重庆,我们叫鹅,威威;叫鱼,摆摆……
我七岁读《错斩崔宁》,从此错过灯花婆婆。

"不要生气,我们来到这个世界多么短暂。"
"短暂?但我还是很生气。"——重庆!

(一根针里面有多黑?闪电——天笑!)

秋天教室里遗留了一件衬衣,中学的桉树
等着,生活等着……小心!人们恋爱即倾诉。

2014 - 8 - 24

别过

嗨,年来年去是何年?日来日去是何日?

渡汉水时,他在江心沉下了一把手枪;
近横滨时,他又将一条手巾抛入海中。

南宁,雨后樱桃,隔年老酒,我只吃过
沧州,青天白日,病鹤枯鱼,我才经过

天开江左,地冲淮右,花园里有一株梅树
几番随喜,来自台湾的自学者,我已别过

2014 - 08 - 25

绝句

1

霍小玉一眼看上了李十郎，
李慧娘当面遇上了贾似道。

教授生涯，归来莫如烂醉。
凄凉犯海波未必有孤寒相。

2

泰山上，曹植说某人的妻子像禽兽
到广陵，你就说仙翁操不如别鹤操！

一沐三握发，一饭三吐哺，急什么
重庆，会有一行诗适于念给大气听

注释一："凄凉犯海波"，说的是诗人海波的一篇名文《凄凉犯》。
注释二："泰山上，曹植说某人的妻子像禽兽"，参见曹植《泰山梁甫吟》。

2014-08-26

饱吃饿吃事

19岁我扎根巴县,乡村老师说饱吃冰糖饿吃烟;
老了,又有人说,饱看灯前人,饿吃白兰地。

可钟祖芬却在《招隐居》第十六出戏里说了:
"若能饿了不吃,便可白头厮守,……"
吴梅呢?"背起刀儿打起包",饿心写《刺焦》。

吃罢豆腐,瞿秋白为将来谋一碗饭吃,去了饿乡。
写完诗篇,某个胖诗人饿了吃水果,饱了就吃醋。

注释一:"吃罢豆腐,瞿秋白为将来谋一碗饭吃去了饿乡",出自瞿秋白《多余的话》,其文开篇便说:"……这样,我就开始学俄文(一九一七年夏),当时并不知道俄国已经革命,也不知道俄国文学的伟大意义,不过当作将来谋一碗饭吃的本事罢了。"其文结尾又说:"中国的豆腐也是很好吃的东西,世界第一。""饿乡"是指瞿秋白去俄国回来后写的一本很有名的书《饿乡记程》。

2014-08-29

柳色少年时

柳色少年时……后来,有人说:

鱼——无论大小与死活,
一年四季都带着哭相和老相。
全是鱼婆婆,不是鱼姐姐!

苍蝇——在风中被风干……

烧蛇蛋呀,缩短了母亲的寿命!

2014－08－31

又一种相遇

有一种苹果叫国光。

有一种木炭叫银骨炭。

有一种灰叫淮阳灰。

有一种班叫"扎雨班"。

有一种屁股叫笑盈盈的屁股。

有一种土耳其老名牌香烟叫列日。

有一种职业在俄国叫"遗孀"。

有一种时尚叫洋务(有时也叫立宪)。

有一种狗儿欢喜吃茱萸果。

有一种三轮车有英文的味道。

有一种悲剧的本质是耻辱。

有一种来自非洲的优美暴君。

有一种男人是环保的而非浪漫的。

有一种爱尔兰文明被丹麦人破坏了。

有一种清人的生活:出潼关,过风陵渡。

有一种宋朝最优雅的食品——橙酿蟹。

有一种说法:洛阳是老人的天堂。

有一种热水器发出的声音让我感到成了别人。

有一种诗只能是男性的。

有一种靠思想活的人要么单纯要么愚蠢。

有一种"古花如见古遗民"。

有一种男汉人的生活：吃下猪肉，射出精子。

有一种白色裤子总是遭人恨。

有一种乌云下的明亮——吾爱。

有一种昏暗的白，令老人害怕。

有一种宜人的景色总是围绕在老房子的周遭。

有一种诗歌中的捷克味，其实是一种民歌味。

有一种布拉格的老鼠有十寸大。

有一种志怪——齐谐——夷坚。

有一种欧洲精神？一粒 Donckels 巧克力。

有一种阴雨天为酒色天。

有一种中国画法：水边寺，柳边楼。

有一种生活兴味：一位可爱的母亲叫臀部为殿部。

有一种女性化的日本要把人逼疯。

有一种孔雀，在越南可以当老师。

有一种"雨是一件袈裟。"

有一种腿不仅宜于奔跑，也宜于穿毛裤。

有一种饮酒样子："杯若飞电绝光"。

有一种少年欢乐——饮酒哪得留钱。

有一种人生，只合扬州死或只合成都老。

有一种星星可以毁灭人。

有一种痛苦也是另一种娱乐。

有一种人专食：赤米、白盐、绿葵、紫蓼。

有一种人越写作，就越逸出他的生活。

有一种人喉头大，屁股肥，威尔士人吗？

有一种人趋捷而有膂力，适合当跟班？

有一种鼻孔干燥，每天需要滴两三滴鱼肝油。

有一种"水库是一个民族的潜意识……"

有一种智慧树、科学树、情人树、摇钱树……

有一种世上最好的艳遇《在巴黎》。

有一种老相是从那游泳家的颈子开始的。

有一种敏感性来自遗传，与后天训练毫无关系。

有一种春心轻漏，"一春须有忆人时"。

有一种轻率的慷慨不是令人遗憾，是令人难堪。

有一种触电！勃朗特——十字架上的拿破仑。

有一种中国酒可媲美杜松子酒（金酒）——二锅头。

有一种热——亚洲。

有一种诗思，在乌尤山下。

有一种秋思，专属于汉文明的人世吗？

有一种人（如你？）最不懂得适可而止。

有一个副校长，来自四川大学，他叫别墅为别野。

2014 - 09 - 01

风吹,黎明

1

风吹,吹来了狗叫……鱼儿腾跃……
以及一个女人——她只爱闲人——

可很快就没有人知道你们的故事了
可有一件事令我像你一样沉思:

我沉思一只燕子的飞翔……
沉思一个老妇和她的住房……

2

风吹,吹来了1910年伦敦的黎明……
那叶芝式的无知又无耻的黎明呀,

那年轻的叶芝,真的,正在发誓:
我要找到马厩,我要一把拔出插销。

2014 - 09 - 07

古歌

枣欲初红时,人从四方来
古歌有八变,努力加餐饭

有所思后有所诗。大海南
晨风怀苦心,临风送怀抱

那颗地震时颤抖的暖蛋呀
——动乱后,它需要休息

2014 - 09 - 08

太晚了,谈色

1

太晚了,在杭州,诗建设。
要咖啡么?还是要都市报?

太晚了,无论她走到哪儿,
她身上都揣着一个比利时。

2

蓝色过于文艺了,蓝色穿堂风呢?
而银白,那倒不一定非属俄罗斯。

色彩元音是少年兰波关心的事。
中国人谁关心色彩?除了张爱玲。

2014 - 09 - 09

早班列车

生活——我的姐妹?老帕
你还在春雨中的早班列车上吗?

可是无穴处,何来识春雨……

吾国没有鱼子酱,唯有嘉兴
一户人家,鳝段黄澄,干丝柔嘉。

唯有张华那《轻薄篇》:妍唱出西巴。

注释一:"生活——我的姐妹?老帕",是指帕斯捷尔纳克的一首诗
  《生活——我的姐妹》。
注释二:"一户人家,鳝段黄澄,干丝柔嘉",说的是诗人邹汉明在嘉
  兴的一位美食家朋友陆明。

2014 - 09 - 09

因谢灵运而作

"江南倦历览,江北旷周旋。"
颓废的人并不是游山玩水的人。

《金蔷薇》究竟是一本什么书?
有恨,就总有几个年轻的坏人。

可思虑恬淡的人,观万物皆轻
意气愉悦的人,道理从不相违

那谢灵运得尽养生年么?未必。
那幼童慢度岁月,谓言可久长。

注释一:"江南倦历览,江北旷周旋。"见谢灵运《登江中孤屿》。

2014 - 09 - 10

谈圆

长河落日圆么?生死之圆!在成都
文迪兄是否还需要那圆圆的乳房?

李太白:仙人垂两足,桂树何团团
车前子!你青年圆润,老了嶙峋

张枣,我读你的《祖母》之圆,想到:
有个少小忧患的人,玩有竭而兴无已

圆景——宜于佳人而不合去人——
我老了再来,让你们看看我圆圆的老相

2014 - 09 - 10

为什么平壤令人走神

思江海游的男人,未必不做朝市玩
下扬州才知"天曙江光爽,得性随怡养"
……

朝鱼与夕鱼,晨鸟与暮鸟,夜晚与代数……
都好。东山东、西山西、南山南、北山北
——电脑上有个包袱,杨伟司机便开始怪叫:

为什么平壤令人走神?为什么在社会主义
我们很早起床?是为了急急等待黎明的来到?

2014 - 09 - 13

人生的诗篇

我们发育完了的初中,乘风吹去……
你走来,一见倾心的林荫道也走来

南京黑夜里有明故宫最黑的冬天

年轻的云大,昔日多么水云笔直!
1978年早春二月,你刚开始晨念。

散步——我突然想起这是云南吗?

喜欢莫里亚克的科学家哥哥作别了
上海,你美丽的母亲,爸爸和姐姐……

我开始寻找你的过去,写下人生的诗篇……

注释一:云大,即云南大学的简称。

2014 - 09 - 14

扬州梦

独鸟下东南,广陵何处在?
——韦应物

我曾在维扬的街头想起两个醉别江楼的人——魏二、王昌龄……
我曾在广陵刻印社黄昏的庭院观看过燕子何其微眇,飞来三两黑色

张智和李冰,清晨,富春包子,还有体育教师张志强,又何其昂藏
这里的居民清洁,有秋冬之美,青年们安度晚年。1989年的左边呢

客心飘摇的人呀,该如何安顿,在扬州,你该怎样进入一座梦中之城?

2014-09-15

我的小学

黑夜来临,学习结束
黎明之前,亡命停止:

王老师请不要在正午
打你过继儿子的手板
浪漫的代课女老师请
不要说那失踪的燕子

王维:"鱼眼射红波"
王维:"南风五两轻"
王维,旧人看新历呀
让我重回大田湾小学!

2014 - 09 - 15

游戏

是风景常在回忆着观景人
是李白,令人长忆谢玄晖

汉水鸭头绿,丽水龟头乌
暮春五月,当翻作清秋看

世无洗耳翁,但有洗脑人。
去问元好问,我们该怎么办?

可总有两个桃子杀死了三人
还剩一人?晚上尿白,清晨尿黄。

注释一:"可总有两个桃子杀死了三人",典出"二桃杀三士"。

2014-09-16

李白

人行镜中,鸟飞屏风
新安江上,你在哪里?

古树下,鲁酒不可醉!
更勿需与落花争别恨

我我我,我病如桃李
我我我,我窜三巴九千里

兴来携妓恣经过——
一枚青玉案,南凉岁月轻。

2014 - 09 - 16

炼句

雾吞树、烟吞树、雨吞树……
之后,

叶落地有声,花落地无声;
叶落地迅捷,花落地软弱。

之后,
越女天下白,鉴湖五月凉。(杜甫)

2014-09-17

来煎人寿
——和李贺

有个人服金,寿如金?
有个人服玉,寿如玉?
有个人食熊,如如肥?
有个人食蛙,的的瘦?

安静的声音总显得新。
安静的东西总显得旧。
秋映蓝钢,冬来灯红,
惟月寒日暖来煎人寿。

说明:
此首诗缘于读李贺《苦昼短》。有兴趣的读者可寻来此诗一读。

2014 - 09 - 19

茶息后饮老酒

1

风来枕簟凉快,且饮一杯煎茶
书灰午后,深树歌吹……
读"一种青山秋草里"
可"有个仙人拍我肩"?

放眼看秋秋去也,射雕山东
小儿莫怕,皮日休也叫皮袭美

2

那蛱蝶敛翅,那枯眼见骨。
那丑树妩媚,那潦倒略同。

那瘦精神,是一种土特产。
那老人不是脸红,是老酒红。

2014-09-20

秋变与春乐

1

发生秋风,云卷归心,纸矮斜行……
风雨乱,鱼目乱,牛尾乌云乱……

七十二变太少,"何方可化身千亿"?
分分秒秒里,人在伦敦,人在沧州。

2

去问吴锡畴,且将春句送春工
去问陈师道,轻衫当户晚风长

吴天越地,烟直作树,桥弯趁水
那懂得邂逅的人呢,才懂得行乐。

2014 - 09 - 21

七嘴八舌

丁复说:卖鱼得食少,悬鱼忧患多。
我说不刷牙的人不配谈法西斯主义。

谁说的?轻薄的东西是票但不是玻璃纸;
好听的诗人名字叫麻革,他来自金朝。

前句汪元量,后句范成大,他们还在说:
不去徐州,何以知"白杨猎猎起悲风"
不去苏州,何以知"世界真庄严,造物极不俗"

注释一:"我说不刷牙的人不配谈法西斯主义。"为什么?法西斯主义
者样样坏,但有一个优点:他们很爱清洁、很讲卫生。

2014 - 09 - 23

奈何

风满吴楚,鱼市水腥
生活里到处都是牛二
那中间小谢又清发呢
清外清,只在宣城走

又读桃花如雨八骏叫
又读春山怨在双眉间
唉,庾信眼是萧瑟的
唉,傅山的文是空的

2014-09-24

寻人（二）

昨夜金瓶梅，今朝红楼梦
短兵相接处，玄气销杀气

好偏偏，天无醉，地埋忧
又偏偏，时染小病的少年

不是金圣叹？三十五年来
牛马走，是屠隆，不是蒲隆？

2014－09－24

茶奶酒

杜濬吃茶不吃饭,恨热?
幸好,他从不吃牛奶。

(法细牛毛,在先秦
——该法典来自商鞅)

很快,牛饮人变囚饮人。

送奶人一生活着送牛奶。
送奶人死后骨灰埋大地。

2014 - 09 - 24

琵琶行

要黄就像越南那样黄。
要热就像厦门那样热。
难道要白就像鱼肚白?

五风十雨夜,汤显祖
说什么都城渴雨。听
水下有藏鱼,刚好黑。

"咬春燕九陪游燕"!
不是金陵余杜白。谁?
黎明的琵琶啊,吴伟业。

注释一:"五风十雨夜,汤显祖说什么都城渴雨。"参见汤显祖诗《闻都城渴雨,时苦摊税》:"五风十雨亦为褒,薄夜焚香沾御袍。当知雨亦愁抽税,笑语江南申渐高。"

注释二:何谓"余杜白"(不是鱼肚白):专指有明一代末尾,金陵三个诗人,余怀、杜俊、白梦鼐。

注释三:"咬春燕九陪游燕",见清初诗人吴伟业《琵琶行》。

2014-09-26

辩证

人生没有错过,何来诗歌
——缺了边才,哪来博学

在四川写怪客者叫杨怪客
在广东写鱼虾者呼祁鱼虾

读秦纪知人间犹有未烧书
观苏州晓文革还余紫金庵

海作山山为海,镜烂长天
东红西白,谁来梦游天姥?

一挥而就恰是光明的对称
它单指希腊?不,也说上海

注释一:杨怪客指当代四川诗人杨黎,他以早年一首《怪客》名扬天
下。祁鱼虾指清朝广东诗人祁文友,他以《出郭》诗"一夜

东风吹雨过,满江新水长鱼虾"见赏于王世祯而闻名。
注释二:末二句是以"光明的对称"之希腊诗人埃利蒂斯与当代上海
　　　诗人陈东东相比附。

2014－09－27

两难

疝气男十分害羞。
女感冒迎来晴朗。

聪明人在于就范
经济人乐于软磨

儿童登门学英语
敛财人已脑溢血

身体先于衣服死
死总让死难为情。

2014 - 10 - 02

声音练习曲

我们已擦去了宝刀的露水,为免生锈。
可缺了国王的尼泊尔仍觉得少了什么?
什么!尼泊尔联邦民主共和国唱东方红?

"昆明夜半又飞灰"该问胡天游还是
雷平阳?嘉兴人爱写诗,声音大得很
先秦人声音更大,他们写诗却不认人

那株1984年的幼树呢,你死后继续活。
歌乐山巅,我找了三十年的那个声音呢?
"心药心灵总心病"是龚自珍而非沈颢兄

2014 - 10 - 04

古余杭

山肥河瘦,风雨牛头。宋!
有个南方来的粗人叫华岳。

胡村月令,蚕已二眠三眠
社肉须买猪?社戏任人睹。

黑夜西冷,棋子闲敲灯花落
骎骎逼人非光景,是野酒!

水啊!恨悭晴的人是城里人。

注释一:"恨悭晴的人是城里人",有个出处,见宋代诗人萧立之《偶成》:

> 雨妒游人故作难,禁持闲了下湖船。
> 城中岂识农耕好,却恨悭晴放纸鸢

2014 - 10 - 05

非此即彼(二)

那避世高人为何
不选首阳选黎阳?
林檎树诞王梵志?
河南河北总相宜?

谁人家有邯郸娼?
相逢意气成文学。
莫道云南有边边,
说书人又存文学。

注释一:隋末卫州黎阳(今位于河南)城东十五里处,有一户人家叫王德祖。这一年,他家的一株林檎树生了一个大如斗的瘤子。3年后,这瘤朽烂了。德祖见状,去那树上将瘤子皮(即裹在瘤外的树皮)撕开,其中一个孩子砰然而出。德祖惊异却又大喜,当即收养之。这孩儿长到7岁时,突然开口问道:"谁人育我?复何姓名?"德祖指点院中树木并告诉他为林木所生。遂名王梵天,后改为王梵志。

注释二:"家有邯郸娼",见王维诗《济上四贤咏三首》之《成文学》。

注释三:"边边","存文学",见当代云南诗人雷平阳诗《存文学讲的故事》。

2014 - 10 - 07

往事（1984）

夜雾里，戴上白围巾散步
她就立刻变成一位钢琴教师？

旧事莫提……杨伟不变——
他六十岁仍像十岁那样甜蜜

银铃般的小话儿唱着燕子歌
1984在川外，奥威尔在哪里？

谁说哲学家在今天并不忧伤
来自波恩的顾彬就是个例外

严沧浪有感于"巴蜀连年哭"
那是为了享乐吗？请别回答！
天，会因声音的震动而落雨

注释一：杨伟，四川外语学院日语系教授。

注释二：川外，四川外语学院的缩写。

注释三：奥威尔（George Orwell, 1903—1950），英国作家，代表作正是国人一天到晚津津乐道的《一九八四》。

注释四：顾彬（Wolfgang Kubin），波恩大学教授，诗人，汉学家。他因为发明了二锅头酒（当代文学）劣于五粮液酒（现代文学）的潜文本说法而在中国名声大噪。

2014－10－07

乡愁（二）

哪一年，他的说话声若晨风拂过
夏天！嘉陵江桥头，1972……
（那也是安徽人李商雨未来的命运）

四十年后，西风仍吹二两，什么！
某江海丽人（早已离开了幼儿园）
在斯德哥尔摩海边，爱上了宋代？

白夜钢琴，重庆之美，她要避难！
远方，我在老去，西去列车的窗口
老去，高中时代的外交官王晓川老去

韩国小司机，伊朗人，库尔德人……
怀仇的人，失去祖国的人，织布的人
你们岂有闲光景去想一生当穿几双鞋？

世界呀（并非儿童才有这么多的问题）
——为什么厚嘴唇的美食家会这么少？

彭逸林！吃牛尾汤的少年注定要算一个。

2014 - 10 - 10

吃药与颓废

（吃药是一件享受、唯美的事）
康同璧一生吃了多少阿司匹林？
清晨，我们来细究西来药品史……

氯吡格雷，奥美拉唑；硫酸氢氯
经过了深圳浩瀚波涛送来个泰嘉
人的命理皆出于复杂的药理……

如今有一种抄手叫老麻，你未尝得
如今来自湖南的年轻人都颓废得很
而重庆初秋夜的泡桐树更是颓废……

注释一：康同璧（1883年2月—1969年8月17日）广东南海人，康
有为次女。她生前为养生，每天必吃一粒阿司匹林。
注释二：泰嘉（硫酸氢氯吡格雷片），生产企业：深圳信立泰药业股
份有限公司。
注释三："抄手叫老麻"，指近两年来风行于四川、重庆的一种食物，
该食物取名为"老麻抄手"；抄手，即云吞、即馄饨。

2014-10-15

河南（二）

河南别有意思，因大象出版社？
我可七岁识得官渡却不知是郑州

河南，愁思多起于向晚，读唐
但莫问老杜，问闲窗下那读报人

洗心革面是谁，开轩平北斗是谁
净瓶清华，竹笠轻安，又是河南

注释一："开轩平北斗"，见袁世凯诗《登楼》。

2014 - 10 - 16

各色人等

取动物(人)内脏的手总是热气腾腾的呀
冬天——思想家退场——不义人才过得去

紫、红果实,在黑夜里如何辨认?唯识论

白人杀黑猫,黄人杀白鹅,红人在哪里?
黑人渔夫面对相貌残暴的鱼呢,该不该杀?

临水人,观水漫过石阶……也漫过生活……

2014 - 10 - 21

再致林克

林克兄,让我们在老油灯下
读往昔壮烈的书卷
直到黎明睡去……

醒来,午后
阳台晒着太阳
门外邮筒伫立

(金鱼在鱼缸里游,安静)

风和谐地摇晃树木
群鸟和谐地飞舞圆环
人和谐地行走于大地

林克兄,另有一事怎么办?
有一个德国人对我吼起来:
啊,我银色的胳膊依然轰鸣如雷暴。

注释一:"啊,我银色的胳膊依然轰鸣如雷暴。"见林克翻译的《特拉克尔全集》之《启示与没落》,重庆大学出版社,2014,第254页。

2014 - 10 - 21

初秋思

戒律苦熬,夏日石暖,儿童不倦……
老人们入凉亭,晨曦最合宜而非夜晚

突然他身体发抖,他的衣衫也发抖了
丹东孕妇迷茫吗?何处孕妇又不迷茫?

别急呀,我们都会有一间自己的房间,
但仅一户人家有一个小铁桶、三块小蛋糕

注释一:末行可参见:柏桦《左边:毛泽东时代的抒情诗人》第一卷
之《蛋糕》,江苏文艺出版社,2009年版。

2014 - 10 - 22

君子颂

忠孝其实来自一种天姿
诗礼传家仅是一个辅助

幼承庭训在于——润之
一年四季在于——春之

武有七德,文又几德?
去问谢灵运(述祖德):
高揖七州外,拂衣五湖里

君子至哀,眼泪少于血
君子不吃饭"杖而后能起"

注释一:武有七德,见《左传》宣公十二年:"夫武,禁暴、戢兵、
保大、定功、安民、和众、丰财者也……"。
注释二:"高揖七州外,拂衣五湖里"见谢灵运《述祖德》。
注释三:"杖而后能起",见《礼记·檀弓上》。

2014-10-24

莫怕

莫怕，
彭越的身体暮成菹醢，各王需吃下一份

莫怕，
胸前穿孔，一个翻唇，他只是少数民族

莫怕，
兽髻髯。帝裂眦。黄庭坚并非要硬到底
柔情儿女会是哪一个，听灯前语夜深深……

注释一："暮成菹醢"，见王维文《魏郡太守河北采访处置使上党苗公德政碑》。菹醢，酷刑一种：把人剁成肉酱也。
注释二："彭越的身体暮成菹醢，各王需吃下一份"，见《史记·鲸布传》："汉诛梁王彭越，醢之，盛其醢，遍赐诸侯。"
注释三："柔情儿女会是哪一个，听灯前语夜深深……"出自"儿女灯前语夜深"，见黄庭坚诗《寄上叔父夷仲三首》。

2014 - 10 - 25

柏人——危险

慢世人只能来自长沙
一根香烟,优哉游哉……

下车如昨日,张载
渡江如昨日,李白
开会如昨日,麦城

谢灵运欢娱写怀抱,
也在欢娱昨日……

橘颂——板桥霜迹
我礼貌如一块玉坠
十月,一挥成风斤

巴蜀花茶,一滴泪
前者亦武,后者宁坤

读国风,知苍蝇美丽

更知柏人——危险!
弥留之际的蓝仁哲呀
我年轻时热爱的老师

注释一:"板桥霜迹,我礼貌如一块玉坠",见张枣《十月之水》。
注释二:"一挥成风斤",见李白《古风》其三十五。
注释三:《一滴泪》(A Single Tear)是翻译家巫宁坤在美国出版的一本自传性小说。廖亦武(1958—),出自四川的著名诗人。
注释四:"柏人",古地名。今河北省柏乡县西南十五公里处。《史记·张耳陈馀列传》:"汉八年,上从东垣还,过赵,贯高等乃壁人柏人,要之置厕。上过欲宿,心动,问曰:'县名为何?'曰:'柏人。''柏人者,迫于人也!'不宿而去。"
注释五:蓝仁哲,1940 年生,2012 年 11 月 11 日逝世,四川省资阳县人。1963 年毕业于四川外语学院英语系,留校任教。1978—1980 年作为访问学者,在加拿大多伦多大学访学两年。1981 年开始发表著述,生前已发表论文 40 多篇,著述 20 多种。历任四川外语学院英语教授,硕士生导师并兼上海外国语大学博士生导师。福克纳的《我弥留之际》是他最后一本译作。

2014 - 10 - 29

诗速

诗速,得体而已,不必一味图快
如下二句各有法度,皆是好的:

谢灵运,星星到白发,以公尺计
Marina,责任到顿河,以光年计

注释一:第三句来自谢灵运的"戚戚感物叹,星星白发垂。"(《游南亭》)
注释二:第四句来自茨维塔耶娃(Marina Tsvetaeva)《天鹅营》中一句:"第一个词是责任,然后就是顿河。"

2014 - 11 - 02

少年时

退休人有时间去回忆他
漫长而惊心的一生吗?

(有些白发漂亮似青春
有些白发揪心——灰烬)

大战在即,他在找一个
五十年前冬天黄昏的声音

莫等闲,鲜宅,听:
一颗别针掉在客厅地板上

夏天,翻天而来,三秒!
炮弹划过星空从江北飞临

注释一:诗中相关情节参见:柏桦《左边:毛泽东时代的抒情诗人》
    第一卷《忆少年》,江苏文艺出版社,2009年版。

2014 - 11 - 06

死亡,害羞的他者

死亡——害羞的他者。
这句话如不是我说的,
多好。未来给予未来。

告别需要不停地练习,
两次不够,十六次呢?
仙人失去,凡人获得。

上帝是一个保加利亚人
还是一个写诗的黑人?
但肯定不会是一个杀人。

2014 - 11 - 07

雨夜

(怕雨吗?别怕,让雨淋着)

不必像中国人那样怕雨
死者的遗物宜于雨夜清理
——旧信,别打开。牢记。

穿过亮着台灯的书房来到花园
仿佛穿过一段岁月,草地潮湿
发出常新(不好闻)的草药气味

夜在等什么呢?酒杯刚停,黎明将至
初春太湖泛起铁灰,也变幻钢灰;幻觉
——鲜宅……,赫尔辛基的一幢楼房?

2014-11-11

收场

"小哀喋喋,大哀默默。"(Seneque)
——梁宗岱译得真好。

痛风人恨罢卤猪蹄,五粮液,海鲜……
不见棺材不掉泪——矮子——宇宙锋!

继续,梁宗岱的蒙田:
"醉死的死是最完美的死。"
这一句,我知道某个人会爱得发疯。

疯!
树可以奔跑,也可以散步。这一点,
那两个年轻的男女说谎者很难懂。

他们是独一无二的吗,当然!唯收场相同。

注释一:"醉死的死是最完美的死。"见(《蒙田随笔·论哲学即是学

死》,梁宗岱、黄建华译,湖南人民出版社,1987,第 77 页)

2014-11-18

鱼药

年轻时,我们艳羡春星草堂,惊讶利涉大川
我们节约用电吗,我们随手没有关灯
——写诗:

佛寺多金银,名山出神药。
不食双鲤鱼,偏吃青精饭。

人间小——歌乐山,那钓鱼人成钓云人
(你等会儿,那采药人是讨幽人吗?)
全披着风,全披着水,全披着渣滓洞的清闲

我们的记忆——马飞——哪里(where?)
白发晚年,鱼从天落,药自风生……
那钓云人去了南德,那讨幽人来到江南?

注释一:"春星草堂"典出杜甫名句"春星带草堂"(《夜宴左氏庄》)。
注释二:"利涉大川",出自《易经》。也指涉1980年代的诗人们写诗的风气,那时的诗人多好谈《易经》。

注释三:歌乐山下的渣滓洞,参见曾风靡新中国的名著《红岩》。另,四川外语学院也坐落于此。

注释四:"鱼从天落",典出有二:一是杜甫"骤雨落河鱼"(《对雨书怀走邀许主簿》);后,全大镛注:"明万历丁酉,楚墩子湖忽龙起,是日雨如倾,鱼从云中散落百里,家家得鱼。"二是张枣所译《暗夜》(【德】艾纳尔·图科夫斯基,江西科学技术出版社,2010年5月第1版)中相关的故事,亦可参见我写的另一首诗《钓云朵的人》。

注释五:"南德",指德国的南方。

2014-11-20

致李商雨

有一年夏天,你从芜湖来交大
为了上一堂我精研的树木课。
抱歉,读者,树名不便透露

伏特加有点辣椒味,望江楼畔。
墙上正合丰子恺,这,你懂的。
外甥无路走怎么办?他少于一!

夜无限,宇宙无限……我们
谈起疲倦的左手以及那包子
——"我的女友爱上了它。"

多年后,怪底江山起烟雾……
黄葛树下,岂止坐愁人向空书咄咄
(唉,数州消息断,老杜在对雪)

怪事!电梯刚升起又吓坏了坐废人

注释一:"交大",西南交通大学的缩写。
注释二:"怪底江山起烟雾",出自杜甫《奉先刘少府新画山水障歌》。

2014 - 11 - 27

红与黑

阴,清晨黑入夜
热,黑夜白入晨

红,渝州人发紫
河南,吸奶声咽

非世乱不思高隐
非出走不思还家

冬如来,春如来
苍蝇口琴吹出了
一溜搪瓷火车站

2014 - 11 - 30

下午，养老院

在养老院，人除了坐着
还能做什么呢？等待那
无尽的下午需要来消磨
而生命对于下午已晚了

缺了清晨，人反复诉说
血流得慢，人重习走路
黑夜里，人认不出风吹
今生词与物终是人与物

永日不可暮？而人是谁？
某人少年时耕芋脸且白
某人老了，洗衣手亦洁

悲哀是因天气引起的吗？
此地如北欧，冬日漫长
人坐着，怀念年轻的太阳

注释一:"永日不可暮",见杜甫《夏夜叹》。
注释二:"洗衣手亦洁",为胡兰成的一幅书法。

2014 - 12 - 02

格言（二）

青春有一个天机
秋天有一个快意

幽隐含一个奇怪
紧张含一个遣兴

……

寥廓岂止于江天
壁立本何其寥廓

治大国若烹小鲜
厨师可以当总统

……
唉，
司马懿不能料死
秦王更目眩良久

2014 - 12 - 06

安徽人
——兼赠吾友赵楚

古籍只适合安徽人读,
也应该只让安徽人读。
安徽,我心的故国呀!

你的一生,诗歌说尽:
来日苦短,去日苦长。
这是曹孟德的命运吧?

为此,念咒有了必要:
失之东隅,收之桑榆。
这也是余英时的命运。

注释一:"来日苦短,去日苦长",出自陆机《短歌》。
注释二:"失之东隅,收之桑榆",出自《后汉·冯异传》。日出东隅,故以"东隅"指清晨。《淮南子》:日西垂景在树端,谓之桑榆。

注释三：曹孟德、余英时，赵楚，皆安徽人也。

2014 - 12 - 07

请放松,人

1

我想,我们最好先慢一点,因为
少年僧侣好看,青年牧师亦好看。

老好?可老哭不好,让青少年尴尬。
继续慢?物极必反但不必否极泰来!

早有东西比闪电快,所以大海性感。
早有榛树-土耳其,白杨-俄罗斯
又有谁登场,保加利亚?不,导弹。

2

请放松,人
清秀是一种光明。妩媚是一个落日。
亲吻是一套魔术。寂寞——自由人!

谁说思想如马飞不如羊走路……

(有关羊的恐惧,我们懂得太少了)

请放松,人
日本从来向瘦小里耗,向瘦小里耗。

2014 - 12 - 08

器官与风

工作损耗神经,更损耗咽喉
耳朵——贝壳——迷人,招风

如下(因不同的风引起):
有些肝起火,有些肺嫩寒
有些胃酸酸,有些肠梗阻……

别碰,为何?有风
与其握手,不如说与其神经握手。

别碰,为何?有风
那分裂人,左眼破晓,右眼日落

注释一:"左眼破晓,右眼日落",如下有一个互文,由西南交通大学
人文学院硕士研究生王治田提供:《太平御览》卷十八引
《玄中记》:"北方有钟山焉,山上有石首如人首:左目为日,
右目为月;开左目为昼,开右目为夜;开口为春夏,闭口为

秋冬。"此条见鲁迅《古小说钩沉》。

2014 - 12 - 09

忆少年

> 我可以说我知道,但我年年在衰老
> ——张枣《桃花园》

八岁,某儿童几番在公共汽车上过夜
在成堆成捆的邮局包裹上仰望星空

法国大革命和荣昌城有什么关系?

九岁,从一本苏联画册,他认识了美
保密!有两帧照片曾火山般吸引着他
放学上学的路上,他想到出神并失格。

十岁,肝炎!反让他的精神热得发狂!
他刚死去活来跳荡于医院的亭台楼阁
又快得来来不及住院,立刻卷土出院

从此以后,他真是个样样都快的人呀……
说话快、走路快、吃饭快,射精也快——

2014 - 12 - 09

亲爱

晨光亲爱,晚霞亲爱,小灰尘也亲爱。
会计与会计上山幽媾,亲爱膨胀如许。

树液也是一种爱液,全因了这爱液,
树亲爱地向天空生长,它才不顾人。

形象虚幻,哭泣永恒,来自法国吗?
亲爱的,兽爱为何都很急而女神口渴?

算而今,我从罗马尼亚知悉了一个道理:
美少女都是亲爱的浪漫主义热爱者。

在小城,我并不读赫塔·米勒的小说
但知裁缝踩踏缝纫机,自有一种亲爱如波浪。

2014 - 12 - 10

重

箱子再重,对于内心沉重的人来说,也是空的。

东亚人何来金眼,重白化病人的眼睛似金非金。

鸟儿比蝴蝶重,很自然,鸟儿没有蝴蝶逸乐。

听力与哲学有关联吗?唉,星期天竟然也有重人。

2014－12－11

话本与言子儿

"青春之盐"我不关心。我只牢记
没有与古树面晤过的人不值得交往

清晨富贵,接着正午如银,很快,
白日在镶着金边格言的晚餐里结束了

怎么啦,水绘仙侣还在继续……
他俩死了三百年,又复活了十小时

如皋,有虚无,就有永恒。重庆
风雨去病,言子儿便口若悬河……

有感受,无智慧,又有什么要紧呢,
二者都短暂如脾气。夏日隆隆……

人命——新如时间。冬天一过
能够站着沐浴春天的人是一个长沙人。
能够玩睡着走路的人肯定是一个日本人。

注释一:"水绘仙侣",指我写的另一本书《水绘仙侣——1642—1651:冒辟疆与董小宛》(东方出版社,2008年版)。
注释二:"如皋",以水绘园闻名,水绘仙侣——冒辟疆与董小宛——就曾生活在这里。
注释三:"言子儿",重庆方言,指所有重庆土话,有一本书就叫《重庆言子儿大全》。

2014 - 12 - 11

诗歌杀

> 写一首诗没有一个爱人,只有一个恨人
> ——题记
> 欲剪湘中一尺天,吴娥莫道吴刀涩。
> ——李贺

荫落落,软弱?从物哀去了哀玉
那西京人匍匐经年,所得半山乌云

还是在乌克兰吗,继续乌……
一千零一夜

让我来休憩,来无聊,来闲看:
那人每天写一首诗,为了每天杀一个人。

2014-12-12

蜀歌（一）

转腾撇烈杜鹃鸟
汇入群里比毛衣

抢伴飞掠猖狂人
彩衣婴儿相与戏

画马者，张奇开
来听老杜画马歌：
一匹龅草一匹嘶

注释一："彩衣婴儿相与戏"，是说老莱子年七十，因父母尚在，常穿
彩衣扮幼儿以娱父母。详细故事可参见《孝子传》。

2014 - 12 - 12

问题

有一颗苹果心,在哪里?
开题之后,我无法寻得。

有两个问题,在这里
听琴之后,我有了答案:

为何日本,因日在国边
为何三壶,因海中三山

可契诃夫还有一个问题:
这世上为何只有我一个作家?

注释一:"为何日本,因日在国边",出自《唐书·外国传》:日本国者,倭国之别种也,以其日在国边,故名日本。

注释二:"为何三壶,因海中三山",出自《拾遗记》:三壶,海中三山也。一曰方壶,则方丈;二曰蓬壶,则蓬莱也;三曰瀛壶,则瀛洲也,形如壶器,上广,中狭,下方。

2014-12-13

光阴,急不急

先秦,口语籍籍;汉魏,士气济济……
南宋亟亟,晚明岌岌;云也汲汲,人也急急。

恰淮南小山,妇女隐,不急
恰僧来无语,自撞钟,不急

灯光围拢细雨里的橘子好看,不急
同将眼见,耽诗更消得作家瘦,亦不急

2014-12-14

偶作

徽州的房子,还是灰色的
仰光的房子,还是黄色的
台湾红砖?这我以前说过

广州的夜晚,一个日本人
只要他用日语朗诵一首诗
就会有一种西班牙语音色

对人来说,同样不分西东
秘密是弱的,而美是难的
靠一句名言也能活进幻觉:

*我劝诸君立志,是要做大事,
不可要做大官。(孙中山)*

2014-12-15

在校园

四个女工在为修剪后的校园梧桐树刷一米白石灰。
戴红袖标的巡逻男人用细的浅红硬木棍笑打一条狗。

为什么?这两件事碰巧了,是由于如下两件事吗:

我边走边突然想到并怀疑了日本神秘主义诗人野口米次郎。
我今晚要去听一个老诗人朗诵,"谢谢大家冬天仍然爱一个
  诗人。"

注释一:日本神秘主义诗人野口米次郎(Yonejirō Noguchi,1875—
  1947)。
注释二:"谢谢大家冬天仍然爱一个诗人",出自王寅《朗诵》。

2014 - 12 - 15

天色已晚

你终于闪耀着了么,我旅途的终点——
在巴黎。这年轻翻译家为谁来,为他自己

诗,瓦雷里:技巧以外,还有些什么……
梁宗岱:云南那边的政治形势好像相当乱。

有庙,也有烟囱,对话自然转到了小津那儿:
钟摆摆动,树不动;沉没前,日本向生倾听

某人唇红齿黑,写爱花的早晨(一日三斤酒)

我一页稿纸才写到一半,抬头望,天色已晚。

注释一:"你终于闪耀着了么,我旅途的终点"见梁宗岱所译瓦雷里
《水仙的断片》(《梁宗岱译诗集》,湖南人民出版社,1983,
第58页)。
注释二:小津,指日本电影导演小津安二郎。

2014-12-16

为了成为那景色

中国阳光是照到英国去的阳光。
10岁痛的节奏也是兴奋的节奏。

不吃惊于礼仪,只吃惊于人物:
那戴上眼镜和干部帽的人是谁?
那血如信仰不停跑动的人是谁?

少年思想、感情以及午休古风,
桂花园?一间低矮的租书铺!
我正偷偷撕下一页连环画景色。

常听到一阵说不出名字的声音
追随波浪流向重庆江北的乡下……

今天我碰巧来到上海,为什么
他样子如往昔,没有现实只有回忆?

2014-12-20

别了南京

他不会去黑色冰岛——那是自杀者的地方
他也不会像西班牙诗人那样去吃一口泥土
他更不会学日本人,坐在地板上度过一生

他飞跑,植物园门前风雪扑面,细胞运动
橘子隆冬的细丝闪光——时间的红与白

工作!中山陵百科全书森林……工作——
想念或回忆:我们最后的青年时代,别了南京

2014-12-21

风俗画

1

花鸟有何愁,燕轻风斜,又过一日。

蟋蟀与螳螂挺起了胸脯,有必要么?
羊肉汤锅里放几块橘子皮,有必要。

必要,树生青苔,他欢喜走来走去看
必要,女诗人在灯下对镜浮世绘的胖脸

人,注意你的嘴唇!唯老人的嘴唇除外
(因为老人们的嘴常常是半张着的)

2

山大松树小,我说的是古巴。
法国都兰区,可不是肚腩去。

(无法理,那就真的无发理)

莫非肩膀圆滑会导致说话圆滑？

听：佛-日也；道-月也；儒-五星也
听：中国学运偏偏起源于汉朝……

3

相逢是男性，道别是女性。男女居世间，各自当努力。

注释一："男女居世间，各自当努力"出自魏文帝乐府："男女居世，
　　　　各当努力。"

2014－12－25

春日梓州登楼

来春望："厌蜀交游冷,思吴胜事繁"
出川!可"万里须十金",我哪里来?

还好,"丈人屋上鸟,人好鸟亦好。"
日子就这样天天过;地僻,我懒穿衣!

我能成为一个独立的人吗?这不可能!
唯神单独,只要是人都欢喜聚啸成伙
"鄙人寡道气,在困无独立",我哭了

"天畔登楼眼",眼问梁元帝:春望后
青山之鹤,昼夜俱飞,他们仍来自梁朝?

注释一:诗中引号内句子皆出自杜甫诗歌。

2014 - 12 - 27

天下事

1974，有个人说话我觉得是空的
1984，有个人行走我觉得是黑的

青天白日，山前树稠，室内昏昏
悠悠万事，为此唯大：克己复礼？

孔子后，也勿需再去问林将军
天下事，莫过燕子旅食，人旅食

2014 - 12 - 27

出发

利口百出,不在多人,唯在一人?
我说的当然是一个小学老师
(名字——云羞雪避——幻影!)

教育的无尽灯也是长明灯……
盏盏蜿蜒,多像山城重庆的幽夜……

孝子不远游,不登高,不临深。昨天
那披星赶早路的人是谁呢?
武继平低声问杨伟。

是的,**江山有巴蜀**,何必下扬州。
是的,为什么要去你就偏偏去了日本?

注释一:武继平,我的中学同班同学,现为日本某大学的文学教授。
注释二:杨伟,四川外语学院日语系教授。
注释三:"**江山有巴蜀**"出自杜甫《上兜率寺》。

2014 - 12 - 27

重庆素描

你的生活在南山
迢迢以亭亭,光景复往来
橘柚青后,橘柚黄……
石梯,一阶一阶……

你的生活在菜园坝
那里火锅连山拼
那里大酒肥肉乱如麻
狗不理血盆,人不睬中国娃娃

重庆,你的
威严到底从哪里来
——来自沿江壮丽保坎?
——来自棒棒欢喜四海为家?

注释一:"中国娃娃",是重庆著名画家、诗人涂国洪一切书写中的首
　　　　要关键词。

注释二:"棒棒"是指挑夫或搬运工,外国人叫 coolie(苦力)。用这棒棒二字来说苦力,的确太过形象了。众所周知,"棒棒"这个新词的流行是因为一部曾在(至今仍在)重庆与四川热播的电视连续剧《山城棒棒军》。在重庆的大街小巷,人们四处可见这些手持棍棒的"棒棒",他们或站或走,随时听候雇主的召唤,只要听得一声"棒棒"的呼叫,他们就迎上前去,迅速地开始了运输工作,即肩挑背扛的劳作。这些"棒棒"全数来自农村,他们涌入重庆卖力气,仅仅是为了讨生活,如何讨?按重庆人的形象说法,就是"在血盆里抓饭吃"。

2014 - 12 - 29

相

1

鹅怒,引颈;鹅眠,宛颈。
鲁连子说:鹅(鸭)有余食。
——正相。

龙像。佛像。魔像。镜像。
枚乘!福生有基,祸生有胎。
——反相。

2

山空日短,城空日长
大河不流,小河箭飞
——无相?

右眼春秋,左眼冬夏
前隐于钓,后隐于屠
——有相?

3

有一种云,叫油云,实为浓云。
孟子:天油然作云,沛然下雨。

鸟避兵气,人何尝不避
譬如钟阿城,要避胡兰成。

中国山川如外国,怎么办?
没有未来,只有今日良宴会。

注释一:为何钟阿城要避胡兰成?因他亲口说过胡兰成有兵气这
句话。

2014-12-30

由《多余的话》想到

——献给 2014 年最后一天

是不是太迟了呢,太迟了!
——瞿秋白

雾里看花的名词,使我感到苦闷
但仍让我回过去再生活一遍吧!

为何倍倍尔的书《妇女与社会》
最能够刺激中国的无政府主义者?

为何厌世者特别容易成为革命者?

为何恐惧是一种愿望,怀疑不是?

为何"我只以中央的思想为思想"?

为何小册子学者用脑两小时就累了?

宛如小姐的瞿秋白已无力气再跑了
吃豆腐！它真是世界上第一好吃的东西

注释一：什么是"小册子学者"，此点我在多处说过。在此仅以瞿秋白《多余的话》中一句来解释："我的一点马克思主义理论的常识，差不多都是从报章杂志上的零星论文和列宁几本小册子上得来的。"

注释二：为何说"宛如小姐的瞿秋白"，还是来看瞿秋白《多余的话》中一段自我描写吧："我总希望有一个依靠。记得布哈林初次和我谈话的时候，说过这么一句俏皮话：'你怎么和三层楼上的小姐一样，总那么客气，说起话来，不是"或是"，就是"也许"、"也难说"……等。'"

注释三：此诗末句也是从瞿秋白《多余的话》中最后一句演变而出的。

2014-12-31

图书在版编目(CIP)数据

秋变与春乐:柏桦诗集(2014)/柏桦著.
—上海:华东师范大学出版社,2016.9
ISBN 978-7-5675-5400-9

Ⅰ.①秋… Ⅱ.①柏… Ⅲ.①诗集—中国—当代
Ⅳ.①I227

中国版本图书馆 CIP 数据核字(2016)第 143685 号

华东师范大学出版社六点分社
企划人 倪为国

本书著作权、版式和装帧设计受世界版权公约和中华人民共和国著作权法保护

秋变与春乐:柏桦诗集(2014)

著　者	柏　桦
责任编辑	古　冈
封面设计	蒋　浩

出版发行　华东师范大学出版社
社　　址　上海市中山北路3663号　邮编　200062
网　　址　www.ecnupress.com.cn
电　　话　021-60821666　行政传真　021-62572105
客服电话　021-62865537　门市(邮购)电话　021-62869887
地　　址　上海市中山北路3663号华东师范大学校内先锋路口
网　　店　http://hdsdcbs.tmall.com
印 刷 者　上海盛隆印务有限公司
开　　本　787×1092　1/32
插　　页　4
印　　张　8.75
字　　数　160千字
版　　次　2016年9月第1版
印　　次　2016年9月第1次
书　　号　ISBN 978-7-5675-5400-9/I·1551
定　　价　48.00元

出版人　王　焰

(如发现本版图书有印订质量问题,请寄回本社客服中心调换或电话021-62865537联系)